长歌行

长歌行

林陌 著作

四川人民出版社

图书在版编目（CIP）数据

长歌行 / 林陌著作. — 成都 : 四川人民出版社，
2021.3
ISBN 978-7-220-12048-0

Ⅰ. ①长… Ⅱ. ①林… Ⅲ. ①散文集－中国－当代
Ⅳ. ① I267

中国版本图书馆 CIP 数据核字 (2020) 第 214577 号

CHANG GEXING
长歌行
林陌 著作

出 版 人：黄立新

策划组稿：欧阳志彦
责任编辑：何洪烈
装帧设计：金牍文化
责任校对：申婷婷
责任印制：许　茜

出版发行：四川人民出版社（成都槐树街 2 号）
网　　址：http://www.scpph.com
E-mail：scrmcbs@sina.com
新浪微博：@四川人民出版社
微信公众号：四川人民出版社
发行部业务电话：（028）86259624　86259453
防盗版举报电话：（028）86259624
印　　刷：四川华龙印务有限公司
成品尺寸：146mm×208mm
印　　张：6.75
字　　数：130 千
版　　次：2021 年 3 月第 1 版
印　　次：2021 年 3 月第 1 次印刷
书　　号：ISBN 978-7-220-12048-0
定　　价：58:00 元

岁月如歌

这是一个时乖运蹇的年份，却成为我重新认识西湖的契机。若论景色，西湖远比不上许多名山大川，但它却是独一无二的。好多次，我站在雨中的苏堤上发呆，隔着粼粼湖面望向西边隐隐的群山，不由感叹时光的伟力，它在这里将自然造化与人工之作弥合得如此得宜。当然，这样的地方不只西湖，所以才有了一次次的出游，去往那些心中存念许久的地方。

旅行中，我常常被大自然的鬼斧神工折服。有一年从西宁自驾到张掖，由南而北翻越祁连山，才出西宁一个小时，就被黑泉水库附近肆意的秋色惊艳到，之后天气变化多端，时而阳光灿烂，时而乌云密布，倾盆大雨之后又云开见日，待到山路回环，竟又下起了冰雹，冰雹噼里啪啦一阵乱砸之后，天空又扬起雪花。一个下午，如经历四季。后来一次从兰州飞敦煌，换了个角度俯瞰祁连山，只见一望无际的雪山绵延到远方，与云携手，难分彼此；再细看，还可见其山体表面的沟沟壑壑延伸至山脚。第三次，从兰州沿河西走廊自驾到武威、金昌、张掖，沿途寻佛寺，访石窟，远处的雪山几乎一路伴随。几次经历的叠加，让我无须借助书本就得以明了，被誉为“塞上江南”的河西走廊，这里的一座座城池、一片片粮田，正是由先前俯瞰祁连山时，那些沿着沟沟壑壑汇流而至的祁连之水滋养灌溉而成。由此，我对祁连山肃然起敬，这一种敬意超越了初遇时单纯被其高大伟岸的身躯所震慑的感觉。事实上，绝大多数的高山大河，都是一方人民生存的依托，也才常常有“神山”“圣湖”之称谓流传。可见自然造化中，蕴含深厚的人文。

我也常叹服于人类的巧夺天工。这些年，除苏杭一带，我去得最多的要数徽州和三晋。最早认识徽州是在书里，古老祠堂牵系的严密宗族制度，巍巍牌坊昭示的功名或贞洁故事，一条条古道背后蕴含的徽商发迹历程，都让我对这块人文渊薮之地充满好奇之心。后来一次次地去，先是黄山和西递宏村，继而是棠樾、呈坎、塔川、篁岭，后来又是石潭、木梨硔、卖花渔、瀹岭下、王家淇、南屏、金滩、坑口、漳潭等一些村子。在这些地方，遇见太多明清时期的祠堂、牌坊、民居、码头，尽管不少地方在商业化的道路上狂奔突进以致其韵味渐失，却依然能够看到不少木雕、砖雕，如此栩栩如生，令人叹为观止——这里面既有远离家乡数十载后飞黄腾达的商贾官宦在资金上的巨额投入，更有技艺精湛的工匠在制作上的持久付出。与依然住在这些民居中的老者们攀谈，又常常牵引出一段功成名就或凄风苦雨的往事。

跟随梁思成等营造学社前辈们的脚步寻访山西古建筑，更让人叹服它们历经千年之后的不易。晋北的华严寺、善化寺以及应县木塔，晋中的南禅寺、佛光寺这两座唐代木构以及晋祠、双林寺，晋南的永乐宫，等等，它们中有些孑然于荒郊野外，有些侧身于繁华闹市，哪怕一个不具备专业建筑知识的人，当面对它们的时候都可能油然而生敬畏之心。岁月赋予的沧桑，不同年代叠加的审美，可以如此清晰地呈现于前。它们如期颐之年的老者，仿佛有说不尽的故事。我们今天尚可有幸一睹真容，可是再过千年，哪怕再过百年呢？它们那时完全有可能形迹全无，一个时代的审美与技艺，亦将随之逝去。本书最后一篇起名《大唐气象，佛光永恒》，可算是我的一种美好祈愿。

所以，不论看似永恒的山川湖海，还是实则脆弱的人文古迹，感动我的，都是蕴含其上的那一种时光的印痕，它们比语焉不详或人为夸张的文献记录更为可靠。

林陌

二〇二〇年十一月于杭州

contents

目录

另一座被忽略的“黄山”

明代旅行家、地理学家徐霞客（一五八七～一六四一）游黄山后曾赞叹说：“登黄山天下无山，观止矣！”后来有句更通俗的话形容黄山：“五岳归来不看山，黄山归来不看岳。”黄山作为世人皆知的名山，终年游客不断。殊不知，就在黄山不远处，也有一座山，若论俊秀，与黄山相比不遑多让。

这便是位于江西境内人称“小黄山”的三清山。无论景区面积、山峰高度，还是地质构造，它们都很相似。一个真爱山水，尤其喜爱东南山川之奇秀，又想远离喧嚣的人，我相信，他也许更偏爱三清山。

第一次去三清山是两年前的中秋，无意间查到坐高铁从杭州到三清山所在的玉山县只要一个多小时的车程，便兴起而往。哪知正遇上山间大雨不止，除第一天午后秋阳显露一时，雨收云开，山光浅翠之外，两天大部分时间雨衣加身，能见度非常差，眼前只有隐约的山石轮廓，我们一直在茂密的树丛间穿越，以及在湿滑的山道上行走和攀爬。不过第二天清晨的雨恰到好处，天门山庄附近，山风裹挟下的烟水就在眼前升腾而起，绕着簇簇峻峭的山峰逶迤远去，把三清山衬托得俊俏无比，也正是那一眼如画的景色，让我对三清山记忆深刻。凭多年远足爬山的经验，我预感到，不同的天气三清山定会显露出它完全不同的面貌。

前年深冬江南极度寒冷的那几日，我时刻关注着三清山的气象，查到大雪纷飞的那个周末，便欲再度前往，可惜多方求证，那几天全面封山。退而求其次，驱车去了黄山，见识了以前没见识过的黄山的另一面，那真是群峰覆雪，万树梨花。然而，我还是对三清山念念不忘。因为黄山有的三清山基本都有，唯独没有那汹涌的人潮。尤其是旅游淡季，三清山人迹寥寥，最适合看山观水，那种自在，在绝大多数景区难以寻到。

今年冬天，第二次去了三清山。主要原因是刷微博看到那里又下雪了！立马订下第二天的两张高铁票冲过去。可惜周六我们赶到，已经雪霁初晴。

不过这一次到来，更让我相信，有些地方真的是“淡妆浓抹总相宜”，阴晴雨雪“无死角”。傍晚赶到西海大峡谷，此时暮色初上，远山层叠。山道上的游客极少，偶尔碰见，都会像遇见知音那般微笑致意或打个招呼：看日落啊？山道上静谧极了，眼前的山岩渐渐黑下去，成为更高大的屏障，太阳收去光芒露出滚圆的边，山衔落日，暮霭相伴，淡黄，橘黄，橘红，深红，然后变成红紫色。那一刻，每拍一张照片，细微的色彩都在变换，直至落日隐没，我们依然不愿离去。有一位年轻的摄影爱好者和我们一起守候，待到天空呈现出无比深邃的蓝，我们才依依不舍下山，此时只能靠手机照明了。山路回环，绕过几个山头，忽见远处嵯峨的山峦之上，圆月高挂，才想起此乃元宵之夜。似乎很多次旅行，都是看到圆月才恍然意识到此时已是中秋、元宵或者月半，心中不免掠过一丝忧愁，不知来由。

回到天门山庄，回望天空，星月闪耀，想必第二天一定是个大晴天，便早早地睡去。

醒来凌晨五点，稍事收拾出发，两人依然只能靠手机照明前行，真的是披星戴月。爬了好一段，路过一线天才遇到同样早起的人，正向着同样的方向进发。连走带爬到达日出点，已经有一些人了，虽然其中也有一些摄影爱好者，但还不到长枪短炮无法落脚的架势，心中甚是宽慰。久久的等候换来刹那间的光芒万丈，此时群山一亮，人群欢呼起来，随后四散而去，消失于茫茫群山之中。我们继续走上略显孤独的山道，路过女神峰、巨蟒出山、三龙出海、阳光海岸等景点，领略高远之山的清明，深远之山的重晦，平远之山的冲融，又常常被杜鹃林淹没，或者长久跋涉在苍松翠竹间。到达三清宫时，已经有些体力不支。那一带居然积雪未消，充满冬景里的寒意。想起上一次来三清宫，前面的空地上支满露营的帐篷，有种户外大本营的感觉，如今却只有几个人影。

补充能量后继续前行，来到第一天等候落日的西海大峡谷景区。与前一日的只见山景轮廓不同，艳阳高照的中午时分，山石苍松历历在目，让我想起山水画里的技法，勾、皴、擦、点、染，仿佛均源自眼前山水，甚至披麻皴、卷云皴、斧劈皴等等，都能在这里找到源头。想想也是，这本来就是再典型不过的东南山川的俊秀画卷嘛。

西海云起

俊俏的山体

新安江畔画中行

一

春寒未去，我已经惦记起不远的徽州——也不知为何，这个地方有一种魔力，让我恍惚感到故乡般的亲切，它让我想起童年，那带着泥巴、青草的气息以及傍晚袅袅炊烟的日子。

这次本来想和家人、朋友一起去徽州踏春，结果他们工作走不开，我迫不及待一个人开车就出门了。等不起啊，再过一两周，待那油菜花开，便是人山人海。再好的地方，一旦摩肩接踵，我就本能地想逃离。城里拥堵了一会儿，一上杭徽高速便畅通无比，心情也随之愉悦起来。这是一条多么熟悉的道路啊，浙江青山湖、天目山、湍口，安徽黄山，江西景德镇……每次都是这样出发，虽然限速一会儿一百二十，一会儿一百，一会儿又八十，让人抓狂，也多次被

绩溪博物馆：
折顶拟山，留树为庭

扣分，但一路上山峦起伏、满眼翠色的景致，足以抵消这些不爽。

这回去徽州，不为油菜花，不为古村落，主要是想看看新安江。自古以来，徽杭联系就颇为密切，一条山路（徽杭古道），一条水路（新安江—富春江—钱塘江），把两个文化底蕴深厚的江南重镇串联起来。这里有着最为典型的江南山水，多少画作、诗词因此诞生，我对徽州向往已久。

估摸了一下车程，时间较为宽裕，索性先拐道去了绩溪——胡适（一八九一～一九六二）的老家。因为前几年读江勇振教授撰写的全面梳理胡适情感世界的著作《星星、月亮、太阳》，以及唐德刚关于胡适的书，加上太多朋友都说我自己的好几张照片像极了年轻时的胡适，便对这里生出几分亲近似的。

抵达绩溪县城，先找地方吃饭。停好车，抬头一看路标——适之路，才走了几十米，又看到适之苑——这地方处处有胡适的印记。来到绩溪博物馆，外观让我联想起贝聿铭（一九一七～二〇一九）设计的苏州博物馆，也是灰白素色、硬朗线条、江南花窗，且注重引水造景，采用传统元素，却给人以现代观感。但细看，还是有差别，一个在繁华城中，一个近自然山川，这样便生出最大的不同来。记得以前看张永和、隈研吾以及王澍等建筑名家的文章，大致都提到：好的建筑设计，要对所处的环境有所尊重，要与自然有所呼应。当我站在博物馆顶层向远处望去，一下便明白：它在与徽州独特的山形、水系、草木对话。于是，观看展览倒成为其次。

看地图，这里离胡氏宗祠所在地龙川村不远，便在天色将暗时分驱车前往。哪知这里早已成为一个热门景点，宽阔的停车场、售票处、旅游大巴、导游，都已成为标配。虽然为胡富（一四五四～一五二二）、胡宗宪（一五一二～一五六五）这样两位显赫的封建仕宦所建的奕世尚书坊、龙川胡氏宗祠历经沧桑依然矗立，人也不算很多，但它们早已淹没在五颜六色的遮阳篷、大大小小的店招和喧嚷的解说声中，不敢想象再过几周旅行旺季到来后，该会是怎样一番景象。我匆匆看过几处历史古迹便跨过登源溪，来到安静的观音寺。这里独踞小丘，葱郁而僻静，正好可以俯瞰村落。风水树外，是菜园、农田和竹林，我一个人穿梭其间，一直走到另外一个村，眼看天色将暗，才跨过登源溪上的老木桥，驱车赶往歙县县城，到达时已夜幕笼罩，春雨淅沥。

初春的龙川

二

每次出门与自然相近，我必定要守候天明，因为太喜欢一天之初的无人之境。看新安江山水有两种玩法，一种是在歙县县城坐船游览至深渡镇或反向行之，一种是驾车而行。后一种一定要走〇〇四县道，因为只有这条道是贴江而行的。从歙县县城出发，上路不多久，来到南源口大桥附近后，道路就开始沿江而行了，此时一条路通向深渡镇，一条路通向卖花渔村。我猛然想起几天前国家地理中文网某篇阅读量“10 万 +”的文章提到过后者，朋友晓良也转过相关帖子给我看。此时才清晨六点，遂改变直达深渡镇的计划，转而开往位于洪岭的卖花渔村——该村之名中的“卖花”是真，“渔村”则因唐末洪氏迁居于此，逐渐形成村落，村形如鱼，村人姓洪，喻水汹涌，鱼得水则生机盎然，故村人在鱼字边加三点水，称为渔村。

大清早路上只有我一辆车，山路曲折，约莫半个小时抵达，整个村子刚刚醒来，偶有早起的人遇到我，问：这么大早就赶来啊！我却感到迷茫：图片里那些漫山遍野的梅花呢？村人说“你来晚啦”，于是我有些失落。但看家家户户门前都是无数株老梅的样子，不难想象，这个以卖梅花为业的村落，在某个时间点，该有多么热闹。有时候就是这样，同一个地方，因不同的人在不同的时间到来，带着不同的心境，便判若两地。我急吼吼爬上村旁的山顶，大概是没吃早饭的原因，到达山顶时险些昏厥过去。眼前的村落被山峦环抱，水雾弥漫，时而见山不见村，时而见村不见山。我一个人坐在山上的亭子里，任饱含水分的空气扑面而来，不久，头发、衣衫皆湿，然后才默默离开这个独特的小山村，并自我安慰道：也许在那梅花盛开的时节，就不可能这样独享安静和 PM2.5 值为二十的优良空气了——有得必有失，有失必有得。

从洪岭下来，拟直奔深渡。返回到南源口大桥时，目光被对岸的淪岭下村吸引，一路行过王家淇、南屏村、金滩村、坑口村，春雨无声如丝，烟水弥漫山间村落，油菜花初绽，鸟儿在草木间穿梭啁啾，早起的村民驾着轻舟，安静地划过江面，静等鱼儿上钩。面对如此美景，我止不住停车发呆或拍照。到达漳潭村时，景致的美达到极致，江水在这里温柔地拐了几个大弯，对岸漳潭村的黑瓦白墙，被柔嫩的绿色包围。高高的马头墙上，烟云飘移，平缓的山顶时而出现，时而隐没。远近、虚实、动静之对比，营造出一种如中国传统山水画般的美感。我停下车，沿着新安江边步行一段。停泊于岸边的渡船，看到有人挥手，便缓行而来，载客而去。眼前的无声画卷，仿佛让人身处与世隔绝的另一时空，让我想起沈从文（一九〇二～一九八八）笔下的湘西，虽然远隔千里，但田园牧歌式的美，却有相通之处。隔着新安江，望着对面的漳潭村，所有关

淪岭下村

金滩村

于徽州的过去，像电影画面一般在脑海里浮现：古老祠堂牵系的严密宗族制度，巍巍牌坊昭示的功名或贞洁故事，一条条古道背后蕴含的徽商发迹历程，都让我对这块人文渊薮之地充满好奇。

过了漳潭村，深渡镇就不远了，只是越靠近目的地，却越让人失望。深渡作为新安江的一个重要节点，这里显然更为热闹而“繁华”，宽阔的码头停满机动船，岸上摆满零食小摊，船头站着揽客的船主。待看到镇郊烂尾的高楼和别墅，失望感越加浓重，这些新楼无论体量、形制还是格局，已然没有徽州的影子。其实，城市和乡村的更新是必然的，新建并不可怕，可怕的是抛弃一个地方的文化基因与传统，不顾周遭环境而盲目地追求高、大、新，我很怕它们建好时被涂上明艳的色彩，在新安江畔“艳压群芳”。离开深渡前往石潭村，再一次感慨，目的地的实际景况往往并不如照片上那般美好，反而一路的风景，最是难忘。

武夷访茶

一

一条铁路的开通，常常让旅游爱好者和摄影爱好者热血沸腾。印象最深的是当年青藏铁路的正式运营，转眼已十年过去。而最近一次，则是合福高铁开通，朋友圈和微博上着实热闹了一番，纷纷将其冠以“中国最美铁路”之称谓。我打开地图一看，这条位于江南核心区西边的由北至南的铁路，确实串联起太多令人向往的地方，安徽的绩溪、黄山，江西的婺源、玉山，福建的武夷、建瓯，一路南下，可问山，可访茶，亦可赏瓷，怎能不心下暗喜！当时就想着，以后周末有的忙了。

这条线上，黄山和玉山县的三清山都曾去过几次，而眼下最令我向往的，当数武夷。其中缘由，与茶有关。于茶，我完全是个门外汉，不太喝茶，自然也就不懂茶。但是，两次偶然的机缘，让我深信这一自然的馈赠，是充满灵气的美物。记不得是哪一年，我去杭州的龙井茶园闲逛，随手采了一片嫩叶放进口袋，傍晚回到家中掏口袋时，一阵清香隐隐飘来，原来体热焐干了嫩叶，令其散发出独有的香气。还有一次在斯里兰卡高山茶区努沃勒埃利耶，去茶厂参观，刚进加工间就飘来一阵浓郁的茶香，再往前走，才发现是由传送带上的片片绿叶散发而出。那一次尤其令我难忘，原来不用任何额外的添加，茶叶就可以散发出如此迷人的气味。再联想到国内著名的茶区，姑苏洞庭、钱塘龙井、徽州祁门、雅安蒙顶，几乎都是好山好水好地方，于是我深信，茶，这一看似平凡的物种，其实集纳了自然的精华。

杭州到武夷只消两个多小时。火车还没到站，窗外就出现一片片春雨中的茶园。因为雨大，一上出租车就得到令人扫兴的消息：由于水位太高，水流湍急，九曲溪的竹筏停运，这本是欣赏武夷山水最好的方式啊！我又立马想到桐木关，作为武夷山区海拔最高的茶区，金骏眉、正山小种的发源地，这里山高、水好、雾浓、林密，不如舍景区去这里，也许更合山水之心。司机说第二天可以包车前往，我们自然一路欢喜，几个人一致赞同。

哪知道，欢喜才没多久，入住酒店后又得到消息：因山高路陡天气差，去桐木关几无可能。酒店前台这么说，朋友打电话向当地的朋友询问，对方也这么说。出门在外，安全第一，望了望雨下个不停的阴沉天空，看了看门外奔流不息的崇阳溪，我们只好放弃。不过，“柳暗花明又一村”，经友人 Rita 推荐，家中做茶的小徐带我们来了一场真正的访茶之旅。也正是在他的陪伴和带领下，我在两天之内喝到很多之前只闻其名不知其香的好茶，见识到武夷岩茶手工制作的辛苦和品类的繁多。

一下车就看见几个妇女围坐在一起分拣毛茶。小徐带我们进萎凋间，顷刻香味扑鼻，早先两次的记忆立马被唤醒，我试图比较这三次的味道，似乎一次比一次浓郁。置身于摊放碧绿青叶的竹匾之间，想象空气中充盈着茶香分子，我猛力地嗅闻，陶醉其间。来到二楼茶室，看样子就是自己喝茶打发闲暇的地方，简单朴素，用小徐舅舅王师傅的话说，茶好，就不需要太讲究其他的东西——就是这么一间简单的茶室，一个下午和一个晚上，就吸引好几批前来寻茶的人，既有谈吐不俗的远方来客，也有沉默不语的神秘茶商。

小徐先给我们泡白瑞香。初闻杯盖，有花果之香。两泡过后再闻，竟转化成一股非常好闻的奶香。再泡，又逐渐呈现出淡淡的粽叶清香。层次如此丰富，让我这个根本不懂茶的人颇为惊异。后来再泡武夷名枞半天腰，据说因产于九龙窠的半山腰而得名，又叫半天夭、半天鹞，名字直白却给人想象空间。

大雨倾盆中又来到小徐自己经营的茶室，我们接连品饮了他珍藏的大红袍一九九九、老枞野茶、肉桂和春兰三〇一。大红袍、肉桂、水仙等，都是茶书中最常见的代表品种，讲起武夷茶，它们都是绕不过的名字。可惜作为门外汉，这几种口味偏重深受资深茶客喜爱的茶，我还不懂得欣赏，倒是平易近人的春兰，清香味淡，回甘良久，忍不住带走了一些。彼时黄昏将近，门扉外，雨时停时歇。山峦间，云时起时消。半天匆匆而过，我期望着明日畅游山水。

晚饭过后，小徐的舅舅王师傅晚间正好要做茶，我们便让小徐忙自己的事去，随后来到他舅舅家观瞻。为了保证茶叶品质，武夷岩茶从采摘、萎凋、做青、杀青、揉捻、烘焙等一系列程序走下来，基本上要一天一夜，其中的做青由摇青和晾青两个环节组成。茶忙时节，他们经常通宵作业，非常辛苦，这次王师傅也是如此。来到萎凋室，再次闻到那种自然散发的茶香，我又一次不肯移步。过不多久，他们把萎凋了一段时间的茶菁用竹匾抬到楼上摇青。这是一项体力活，也是一项技术活，一晚上要摇青很多次，竹匾里茶菁的多少、摇青时间的间隔、摇青的次数等，都非常讲究。靠常年经验的积累，才能掌握好分寸。几个年轻人跟着王师傅一起做茶，他们话语不多，非常投入。虽然深知其中不易，但我还是很羡慕这种一辈子只做一件事的纯粹。摇青间隙，王师傅泡茶给我们喝，零零散散讲起武夷岩茶的故事。看得出来，如果有人作陪，他是非常开心的。漫漫长夜，要一次次地摇，要一次次地等，他说，没有其他人在的时候，他就靠一支支的烟来度过。

这一晚，王师傅给我们泡的茶名为“春归”，多么好听的名字，又是多么应景。夜深，窗外电闪雷鸣，暴雨如注。即便如此，依然有客人来来往往。我们一直待到午夜时分才离去，那时，王师傅已经是第四次去摇青了。

二

雨下了一夜，清早醒来，窗外依然滴滴答答。酒店出门即景，甚是难得。崇阳溪对岸，丹峰碧崖，云起云消。不出酒店，就能领略云聚、雨落、溪流、山变，这是何等幸福！武夷山就是这样的地方，人间烟火与清秀山水仅一溪之隔。那边茶园青翠正采摘，这边摇青烘焙待品茗。雨没有停歇的意思，让我既满足又惆怅。满足的是，这一两年的短途游，让我越来越深信，南方诸山水，唯烟雨中方见真容。无论是隐秀雪窦，俊俏三清，还是田园楠溪，清丽天台，这雨一下，完全是一幅江南山水画的模样。惆怅的是，眼下如此瓢泼大雨，别说九曲溪、桐木关去不成，连著名的“三坑两涧”也无缘一睹真容。

好在我已习惯随遇而安，走过朱子渡，来到兰汤大桥，眼前的景致令我折服，烟岚之中，远山层叠，近水潺流。这一远一近、一静一动、一虚一实，不正是“山得水而活，故水得山而媚”吗？！大概因为起得早，兰汤大桥上鲜有人迹，偶尔遇见，倒像是为这眼前的山水更添一分生气似的。

我们本想冒着大雨去天心永乐禅寺参观大红袍景区，却被告知要买三日联票才能进去。大伙儿都觉得留个念想下次一齐补足九曲溪漂流、“三坑两涧”和桐木关更好，于是再次走上兰汤大桥！这一回，雨几近停歇，放眼望去，眼前的山水没有了清晨那种烟云缥缈之美。我不禁感叹，虽是同样的山水，却因不同季节、不同时日，甚至一天中的不同时段，给人大为不同的观感。人和人之间讲究缘分，人和景之间何尝不是？若不是小徐的带领，若不是这大雨倾盆，也许我们见识的就完全是另一个武夷。

过了兰汤大桥，一路往武夷宫走去，大王峰路上绿荫冠盖，让我们同时想起杭州的杨公堤。曼亭山房门口，遇到一位正在里面工作的厨师，他指引我们从曼亭山房厨房边的小路上山。走上小道，光线顿时暗下来，小道两边树高林密，不见天日。半山腰，忽然有野生动物窸窸窣窣的声音，定睛一看，原来是一群野生的雉！我的心怦怦直跳，第一次遇见这么多野生的雉，兴奋之余又有一点惊慌不定，反而是它们，并未吓得扑腾而去，只是逃到较远处，依然闲庭信步于树丛中，甚是美丽，有灰白短尾的，也有纯白长尾的。山路在攀升中渐渐消失，我们遂下山而去。来到武夷宫，看见一座茶社，它背靠大王峰，面朝九曲溪，我们点了一壶正山小种，在长廊里歇息。其间我到茶室周围闲逛，巧遇柳永（约九八四～约一〇五三）纪念馆，想必他清丽婉约的诗词，也有武夷山水的几分功劳吧。

从柳永纪念馆出来，又是一阵豪雨，我们就在这豪雨中离开武夷宫。两天来并未进入收费景区，却没有一丝遗憾。这两天对武夷山的惊鸿一瞥，就足以让人贪恋上这里。我的苏州同乡文学家范仲淹（九八九～一〇五二）在《武夷茶歌》中说：“年年春自东南来，建溪先暖冰微开。溪边奇茗冠天下，武夷仙人从古栽。”作为今人，我们也许做不到“年年春来”，至少一定会再来吧！

隔一年，清明之后，谷雨之前，我们果然又一次来到武夷山。这时节多雨，桐木关还是没能去成，它在我心底已变得像不轻易露面的隐士高人，那么，就等待以后的机缘吧。不过，这一回的武夷山之行，却让我领略了两个令人喜欢的地方，一个是景区之内的马头岩，一个是景区之外的程墩。

话说武夷岩茶，一直有“三坑两涧”的说法，它指的是“慧苑坑”“牛栏坑”“倒水坑”和“流香涧”“悟源涧”。这几个地方，由于茶园土壤通透性好，钾锰含量高，酸度适中，所产茶品岩韵明显，故一向受到推崇。而与牛栏坑所产肉桂齐名的岩茶“马肉”，即产于马头岩。马头岩离最知名的景点大红袍景区不远，很多人会将其忽略。我们沿一条山间小路，大约攀爬半小时，视野豁然开阔，下面一片像一个小小盆地，布满一丛丛、一条条茶蓬，盆地另一边的巨岩下，紧贴几间粉墙黛瓦的房屋，像是远离尘世的隐居之所。心向往之，慢慢走向前去，伴随而来的是一阵阵柚子花香。走近发现这是一个道观，主殿居中，左侧厢房，右侧茶室，另有几间储物的房间，庭院里有一个香炉，几盆月季开得正是时候。在庭院的石桌旁坐下休息，望着眼前青翠的茶园，心旷神怡，不由感叹：道家真会选地方。真想在此借宿一晚，看看这里的晨昏。若是条件允许，住上一阵，领略四季，亦心甘情愿。

第二天一早，我们又一次联系了小徐，他带我们去了景区之外的程墩。程墩山顶的茶园非常大，连着几个山头，有一种独特的气场，仿佛这里才是茶叶真正的核心产区。中午在小徐的丈母娘家吃过饭，他又带我们去村后的茶园闲逛，看见一大片老枞茶树，每株高达数米，树干上满是青苔，几百株老枞汇聚成林，遮天蔽日，与我们在苏杭通常见到的灌木茶树是完全不一样的景致。

从程墩回到武夷山核心景区后，一看时间还早，我们又去攀爬了天游峰。天游峰几乎由一整块巨岩构成，据说是亚洲第一巨石。武夷山整体风貌并不像由花岗岩构成的黄山、三清山那样俊秀高耸，更接近我之前去过的龙虎山、雁荡山、神仙居等地。在天游峰山顶俯瞰九曲溪，心想，虽然前一晚看了《印象大红袍》山水实景演出，但经典的九曲溪漂流又一次错过。

雨后茶园

武夷岩茶的香味，丰富而多变

马头岩下的道观，
像极了我心中的
隐世之所

去程墩的半路上，无名飞瀑突现山腰

天游峰，一块巨岩一座山

被时光遗忘的泉州

在厦门待了几天，几乎是逃离着前往泉州——鼓浪屿的建筑固然迷人，曾厝垵的小吃还算不错，面朝大海的厦门大学着实浪漫，南普陀的香火也确实鼎盛……但人潮汹涌的地方，我总是本能地想要逃离。落地泉州，这里安静、古老，我感觉一下子穿越时空，陌生中又好似有一点熟悉——我想起故乡苏州的老城区，与泉州有一种相似的气质：未必完美到如外宣照片所示，但城市的格局却长久未变，没有伤筋动骨就地起高楼，依然街道狭窄，房屋老旧，还时不时冒出一些古迹。

开元寺是泉州的名片，这里的两座古老石塔镇国塔和仁寿塔，几乎出现在绝大多数关于这座城市的外宣影像上。傍晚时分，我从西门入，抬头便是斜阳晚照的仁寿塔。人非常少，少到让人怀疑它是否是这座文化古城最具标志性的景点。尤其才从喧嚷的鼓浪屿而来，两相对比，竟有些恍惚。石塔每一面门龛两旁的武士、天王、金刚、罗汉等浮雕像，沐浴在傍晚金黄色的光线里，令石塔更添一分千年时光的厚重感。这些历经风霜雨雪的文物，有一种难以描摹的魅力，让我由衷地喜欢。而南京郊外荒野里的六朝辟邪、杭州西湖群山里的宋元石刻，喜欢它们也未必是因为其造型优美、雕刻工艺高超，而是因为它们身上留下的时光痕迹——古老、斑驳，且略带神秘。我拿起相机对着石塔拍了又拍，可惜找不到平视或俯视的角度，不然可以囊括更多周边的环境。开元寺的大殿前是广场，显得很空旷，三三两两的游客，基本上在此留个影就走了。大殿是典型的闽南风格，红砖黄瓦，雕饰繁复，重檐歇山，建筑并不高，但横向却很轩敞，给人一种稳重感。后面几天去泉州的天后宫、文庙等地发现，这似乎成为此类建筑的一种共性，而江南很多宗教场所的大殿，往往从纵向看更显挺拔。一旁的尊胜院，是弘一法师（一八八〇～一九四二）纪念馆，院门内，是一方更加静谧的小天地。桂花树下，蔓草丛生，弘一法师的白色塑像安居其中，四周绿植环绕，营造出一种远离人间烟火的氛围。这样的氛围，倒颇为适合他绚丽传奇终归于平淡清寂的一生。太阳转眼间就隐没了，绕东边的镇国塔一圈之后，便出了开元寺。在正门特意问了下，这么好的地方，居然真是免费的，原先以为从西门进来因时间不早了所以未收门票。

出了开元寺就是西街。没来之前，我想象中的西街，应该扎堆开着咖啡店、瓷器店、书店、手工作坊，好比是泉州城的南锣鼓巷、田子坊、平江路、河坊街……哪知这条西街，完全不是预想中的样子，它就是一条二十世纪九十年代很多城市都有的那种老街，没有跟上时代的步伐，仿佛被时光遗忘，有油腻的小吃摊、破旧的文玩店、立着老式模特的服装店、水果摊、修车铺……西街就像泉州的一个缩影，一边让我质疑这可是曾经的“涨海声中万国商”的“东方第一大港”，一边又让我庆幸如今还能存有这样一个遗世独立的老城区。

晚上,好几个朋友看到我在朋友圈发的关于泉州的图片和文字，都建议我去听一曲古朴的南音，我惊讶于泉州文化的深厚与富饶，竟然有那么多位朋友都对它如此了解。一查日程，并不凑巧，只能暂留一个遗憾，也许这便是下一次到来的理由了。

第二天去泉州城外的崇武古城和洛阳桥。已经过世的朋友阿里猪曾在他的书里花不少笔墨写崇武古城的纯朴，我至今仍记得他笔下的崇武小男孩陈小明，他现在应该也到结婚生子的年龄了吧。匆匆一日，只在古城区看了一场表演性质的惠安女舞蹈，对石砌的城墙留有一些印象。倒是由北宋泉州太守蔡襄（一〇一二～一〇六七）主持修造的洛阳桥，作为我国最早的位于江海汇合处的跨海梁式石桥，让我颇感兴趣。虽然周边的环境差了些，沧海桑田中已不见汹

泉州开元寺大殿

涌海涛，以前的出海口也已成为滩涂和湿地，但洛阳桥的筏形桥基和桥上面留下的时光印痕，仍让这座古桥难掩其光辉。

我对古迹一向有浓厚的兴趣，从洛阳桥回来后查询泉州的古迹分布，发现竟然有很多，尤其是全国重点文物保护单位，与我的故乡苏州相比不遑多让。于是第三天，又急匆匆去了好几个地方。

泉州的天后宫据说是国内现存规格最高、规模最大、年代最早的妈祖庙，早饭后径直赶往那里，又是一阵惊喜，这里同样不要门票，清静无比。进门就是冠盖如云的两棵榕树，繁茂的垂须之下，八九位老人坐在一起拉家常，估计这里是他们长期的据点吧。除此之外，一上午我见到的游客数两只手都数得过来。我对妈祖信仰印象最深的是几次去台湾游玩，到处可见大大小小的妈祖庙。泉州的天后宫与之相比，确实要宏阔得多，看里面陈列的文物和文献记载，两者果然渊源颇深。泉州的天后宫相当于“祖庭”，明清时期，从闽南一带跨海去台湾经商的人，把妈祖信仰也带了过去，落地生根，并枝繁叶茂。直至今天，前来寻根谒祖的台胞依然络绎不绝。

依依不舍离开天后宫，来到不远处的关帝庙——这是这几天在泉州去过的唯一一处人声鼎沸的景点，我不明所以，匆匆离去。关帝庙几步之外，是国内现存最早的伊斯兰教建筑清净寺，入口的大门显得很开阔，这里又是人迹罕至，正好可以慢慢观瞻。离清净寺没几步，是泉州另一个非常著名的古迹——文庙，作为东南地区最

古老的洛阳桥

洛阳桥外，曾是茫茫大海

筏形桥基，让洛阳桥千年稳固

泉州府文庙
重檐庑殿顶，
规格极高

大的文庙建筑群，它集宋、元、明、清四朝的建筑形式于一体，只象征性地收取三元门票，几乎又是包场观瞻，我喜不自禁。文庙布局严谨而匀称，池、桥、廊、殿，大都对称排列。文庙大成殿稳重而厚朴，采用清代建筑的最高规制重檐庑殿顶（庑殿顶由一条正脊和四条垂脊组成，屋顶有四面斜坡。所谓重檐，就是在上述屋顶之下，四角再各加一条短檐，形成第二檐），国内其他采用这种形式的古建筑寥寥无几，貌似只有故宫太和殿、武当山金顶等几处。文庙内设有“泉州府文庙文物陈列馆”“泉州历史名人纪念馆”等，可惜时间不够，只能匆匆浏览一番。临走前还去了泉州西湖，虽然也山水相依，亭台楼阁、长堤卧波一样不少，却还是远逊于杭州西湖，“天下西湖三十六，个中最美是杭州”，终于得到一次印证。

归程中翻看泉州的宣传册，还有很多古迹未及目睹，颇为遗憾。初来时错把泉州当苏州，哪知泉州更“落后”，它有一种定力，任外面的世界波涛汹涌，它不为所动。

昙曜五窟，一见难忘

在中国雕塑史上，有一座高峰，它上承秦汉，下启隋唐，既博采印度甚至希腊建筑的技艺，又广收彼时中原文化的诸多元素。梁思成（一九〇一～一九七二）在《图像中国雕塑史》中说：“得到西域袭入的增益后，更是根深蒂固，一日千里，反将外来势力积渐融化，与本有的精神冶于一炉。”这座高峰就是云冈石窟，而云冈石窟的高峰，又当数昙曜五窟。昙曜五窟开凿于四六〇至四六五年，作为云冈开凿时间最早、气势最为宏大的窟群，它也常常出现在讲述山西历史的书刊、电视节目和其他外宣媒体上，给人印象深刻。这次带着朝拜的心理前来，进了大门却迟迟不见这些位于武周山的石窟群。穿过大而无当的广场，又路过新修的灵岩寺，跨过石桥，再走过一个广场，也不知走了多久，天阴沉沉的，游客中嬉闹的孩童或爱美的女士，已经开始在和那些新造的雕塑、碑刻、庙宇甚至路灯、桥栏杆合影了。不知为何那么急迫，我几乎小跑着穿过这些新造的旅游设施。

终于站立在石窟之前，我能感觉到自己呼吸急促，仿佛历经磨难之后的抵达。还好人没那么多，于是把心情和脚步一起放缓。前面几处造像破损严重，但进入第三窟，立即受到震撼。站在黑魆魆的入口，前方的主佛像被上方另一个洞口射入的光线照亮，像极了专业人像摄影时的布光方式，让人不由得将目光聚焦在高大的佛像上面。走到主佛像跟前仔细端详，其面容圆润饱满，祥和淡定。往下看，发现主佛像是双腿下垂坐姿，而非盘腿结跏趺坐，因而会觉得上下身比例略有失调。主佛像两边各有一尊站立的菩萨，上半部保存较好，下半部已经破损得几乎不存。

第五窟门外有重檐阁楼，人也骤然多起来。进入后方知，这里边的佛像在云冈石窟中为最高大的一尊，且色彩鲜艳。这一窟聚集了特别多的人，很难安静瞻仰，我们被挤到主佛像左侧的角落里。抬头一看，两尊并排的小像中有一座特别吸引人，其形象很像祖母，乜斜着双眼，正好望向游人聚集最多的中央区域。当主佛像吸引着无数人的目光，她静处一隅，似笑非笑，似乎洞悉一切，意味深长。

从第五窟出来，细雪飘扬，风也大起来，冷得人直哆嗦。后面几窟看得并不认真，好像第一波高潮已过，人有点懈怠，同时又觉得自己知识储备欠缺，面对丰富而生动的佛、菩萨、飞天、乐伎、

第三窟主佛像

第五窟的一座小像，其形象很像祖母

舞伎以及明显带有故事性的画面，不明所以，于是匆匆掠过。

终于来到最为著名的昙曜五窟。此时风雪加剧，好像前面的一切都是铺垫，此时才迎来高潮。昙曜五窟，具体是指第十六窟施无畏印的佛立像、第十七窟的交脚菩萨像、第十八窟的佛立像、第十九窟施无畏印的佛坐像和第二十窟施禅定印的佛坐像。从第十六窟开始一个个慢慢看过去，走到第二十窟的时候，风雪渐消。等到我从云冈石窟博物馆出来再次回到昙曜五窟，头顶已艳阳高照，晴空万里。老天似乎洞悉了我内心微小的起伏，以这样一种方式应和。

一般认为昙曜五窟分别仿效北魏早期五个帝王的形象，但它们具体仿效的是哪一位帝王，学术界一直争议颇多。当初关注云冈石窟，正是被这些议论所吸引。这五窟佛像单从面容看，差别极大。第十六窟最接近现世中人，相对消瘦。第十七窟破损较重，看上去面目略显狰狞。第十八窟靥靥浅笑，温暖和善。第十九窟面无表情，目视前方。第二十窟端庄稳重，最像常人所理解的那一种佛像。我来回端详了很久，真是各有各的造型，各有各的性情。在学界看来，“五尊大佛在代表佛陀的同时，也分别象征具体的皇帝个人。这种特殊的佛教造像在印度或其他佛教先进地区从未出现过，昙曜五窟的开凿，揭示了与印度佛教不同的中国佛教的开创”。这也正是昙曜五窟更具深远价值之所在。

待到快要关门时，我们向出口走去，穿过好几片广场、长廊、

昙曜五窟之第十六窟施无畏印的佛立像

昙曜五窟之第十七窟的交脚菩萨像

昙曜五窟之
第十八窟的佛立像

昙曜五窟之
第十九窟施无畏印的佛坐像

商业街，还看到打气球的游戏场地！不知我们哪来的自信与勇气，非要在这么古老优秀的遗产前建造粗鄙吵闹的商业街，售卖千篇一律的小商品，修筑大而无当的入口和喧宾夺主的广场，种植缺枝少叶永远长不大的新树。在漫长的通往出口的路途上，我想起了希腊的奥林匹亚遗址和土耳其的以弗所遗址，它们都是超过三千年的古遗址，也都是大景点，但其中的古迹是绝对主角，仅在门口零散分布着一些小店，倒是给无家可归的猫狗们留下了很大的空间，他们比我们更懂得古老和荒寂之美。

从云冈回大同的路上，雪山一路相伴。蓝天白云下，太阳西斜，人有那么点疲惫，但心情是愉悦和放松的，像极了在甘肃、青海和四川自驾的那些旅程，恨不得唱起《平凡之路》：我曾经跨过山和大海，也穿过人山人海，我曾经拥有着的一切，转眼都飘散如烟……

昙曜五窟之第二十窟施禅定印的佛坐像，它常用来作云冈石窟的宣传照片

从云岗石窟博物馆出来，
再次来到第十八窟的佛立像前

蓝天白云下的第二十窟佛坐像

从云冈到龙门，一场审美的嬗变

虽已人近中年，但孩童似的好奇之心好像并未消失，正是这点星星之火，激励着我总想游荡四方。春寒料峭时分从山西大同的云冈石窟归来，我就总想着河南洛阳的龙门石窟。终于，在一个炎夏时分，我来到古都洛阳。

我一直有一个朴素的观点：空间上的切近或时间上的延续，必然会在文化上显示出某种相似性或延续性，始凿于四九三年也就是北魏孝文帝（四六七～四九九）决定迁都洛阳那一年的龙门石窟，与始凿于四六〇年即北魏文成帝（四四〇～四六五）和平初年的云冈石窟，肯定有着千丝万缕的内在关联。这一点，我也在泰国大城和柬埔寨吴哥窟之间的关联上得到确认。当时身处大城遗址，总觉得它和吴哥窟非常像，回到酒店一查，两个地方确实相距很近。从某种意义上说，这次洛阳之行，就是来满足这个好奇心的，我想实地看看同为“四大石窟”（莫高窟、云冈石窟、龙门石窟和麦积山石窟）的它们俩，究竟有着怎样的关系。

“洛阳四郊山水之胜，龙门首焉”，几乎每一个到洛阳的人，都会来到龙门。静静的伊河把龙门石窟分为东西两山，这里风光有多么旖旎，真的说不上，要说龙门的“山水之胜”，应该胜在包孕其中深厚的历史文化吧。

游览龙门石窟和游览云冈石窟感受很不相同。云冈的游览给人一种节奏感，有引子，如第三窟这个最大的洞窟，能一下就把你吸引住；然后到了五华洞（第九窟至第十三窟），彩绘颜色绚丽，飞天雕刻精美，令人印象深刻，像一首序曲；慢慢看过这些洞窟后来到昙曜五窟，这一组以北魏早期五个帝王为原型的高大造像，会如高潮一般让你难忘。可是，龙门石窟一个个洞窟看过来，会略微觉得无趣，位于西山的宾阳洞、摩崖三佛、万佛洞、莲花洞等等，造像不是特别高大，粗粗看过，并不会受到多少触动，观看的人也稀稀拉拉。直至奉先寺，才突然人潮汹涌，你会立马被眼前的造像所震撼。

奉先寺的造像高大威武，卢舍那佛、阿难和迦叶二弟子、胁侍菩萨一字排开，天王和力士则呈围合之势，与之前的洞窟需要你凑近了仔细看不同，奉先寺的这一组造像从气势上一下就吸引了你。尤其是卢舍那佛，身高十七米有余，头高四米，耳长一米九，造型丰满圆润，仪表端庄，衣饰线条流畅，气度非凡。细看，面呈女相，丰颐秀目，嘴角微翘，呈微笑状。据说当时的工匠是以武则天（六二四～七〇五）为原型塑造的。难怪，站在奉先寺的卢舍那佛前，回想云冈的昙曜五窟，会有一种强烈的感受，它们是如此不同：眼前的造像，丰满而圆润，气质温和，呈现出安详、富足、平和之态；而云冈的很多石窟，则褒衣博带、秀骨清像，甚至有几尊带有一点苦相。时代到底不同，魏晋南北朝时期的审美追求与盛唐气象的差异，是如此鲜明地呈现在这些千年文物之上。若不是身临其境，而只是看书本描述，断不会有这么真切而直观的感受。

离开奉先寺继续往前走，人群开始四散开来。我喜欢拍照，脚步自然要慢一些，走到古阳洞前，虽然主像面部已经残缺不全，但整体身型和脸型，又让我想起在云冈看到的那些造像——这一次不是因为差别巨大，而是因为觉得似曾相识。直到看过石牌上的介绍才豁然开朗，原来古阳洞是龙门石窟中最早开凿的，据考是北魏孝文帝为其祖母冯太后（四四一～四九〇）营造的功德窟。难怪这里的造像依然保存着秀骨清像的风格，而且，当时支持孝文帝改革和迁都的一批王公贵族也多于该洞发愿造像，此举延续了很长时间，故此洞集中了最多的北魏时期造像。我也是在这时候才明白，与云冈石窟相比较，为何先于奉先寺看到的很多洞窟不像古阳洞那般给予我那么切实的感受，毕竟它们开凿于北魏晚期至盛唐时期，风格

卢舍那佛，丰满圆润，仪表端庄

古阳洞的造像保存着秀骨清像的风格

已经在逐渐演变了。等我回到杭州，把几个经典的洞窟照片按时间顺序排列，才发现那种变化真是历历在目！

跨过伊河来到东山，太阳西斜，有附近的村民在河中绿洲上垂钓，此时没有了导游的讲解和游客的喧闹，画面是静态的，好像进入一种神秘而安静的氛围，如若垂钓之人换上古人的衣裳，分明就是一幅伊河晚钓图嘛。

西山集中了龙门石窟的精华，而东山石窟就没那么吸引人了，尤其炎炎夏日我们汗流浃背，很想找个地方躲一躲，结果就看到白居易（七七二～八四六）墓近在咫尺，突然又有了兴致。这位最爱“忆江南”的唐朝官员，做过我故乡苏州的刺史，也做过我现在的居住地杭州的刺史，这位写出千古绝唱《长恨歌》的大诗人，怎么可以忽略呢？可偏偏很多人是忽略的，墓园里青草萋萋，人迹寥寥，时近黄昏，暑气渐消，我们在石凳上休憩一会儿，权当是短暂地陪伴吧。

回来后看资料，说“四大石窟”直至龙门，才基本实现了佛教造像的汉化。我突然对开凿年代更为久远的莫高窟和麦积山石窟生出了深厚的兴趣。

奉先寺远眺

泸沽湖，一次蓄谋已久的逃遁

与泸沽湖的相遇可谓一波三折，最早一次想去已是十多年前，那时出门旅行经验不足，为此专门上网站买自由行攻略书，做好了充分的准备,结果临行前升职,担任部门主任,要负责一个紧急项目，只能舍弃。第二次想去，机票酒店都已订好，临行前一天重感冒发烧，又一次无缘。第三次是川西自驾，到达亚丁后，本计划借道香格里拉前往泸沽湖，谁料两天来一直下雨，前面的路塌方严重，再次未能去成。这么多次下来，我对去泸沽湖隐隐有点畏惧——莫非缘分使然？所以这几年尽管走了不少地方，但云南一直未曾涉足。这次朋友已经先期抵达，在朋友圈晒着迪庆、梅里无敌的晴空，让身在初冬寒雨季的我好生羡慕，于是来了一场“说走就走的旅行”。

十多年过去，我对泸沽湖其实已经不抱太大期望。太多太多的地方，在这十多年里已经发生了太多变化。尽管降低了期望值，在

红嘴鸥上下翻飞

湖边的猪槽船

进入景区看到泸沽湖的第一眼，我还是被它水天一色的明媚之蓝所折服。泸沽湖的住宿集中在大落水村、小落水村、里格半岛和濯放，我们选择了开发较晚的濯放——这里清静，让人更有度假的感觉。

看时间尚早，便向村民租了一条猪槽船开始畅游泸沽湖。刚一上船，红嘴鸥就成群飞来，待我们拿过划船大姐的面包，这些势利的家伙便紧追不舍，甚至要落到你手上啄咬面包，不禁让我想起家里的狗，也是同样贪吃的模样。如此近距离地接近飞鸟，它们翅膀的扇动声清晰无比，嘎吱嘎吱的，像摇橹时桨与船的摩擦声。此时正是抓拍的最好时机，它们巡游时的坦然，发现食物时的惊喜，争抢食物时的急切，都让我一一收入镜头。

晚餐后，司机建议我们去大落水村附近参加篝火晚会。篝火晚会是一种表演，当地年轻的姑娘小伙穿上摩梭人的特色服饰，点起篝火便为我们跳起欢快的舞蹈。我想起十多年前看朋友的泸沽湖游记，背包客如果喜欢与当地人互动，就会带着酒和零食与他们围坐在一起，聊天、跳舞自便，往往也就十来个人，但场面却比如今几十上百人更加热闹。

第二天醒来，阳光依旧灿烂，即使气温极低，也抵挡不了我们环湖游的迫切心情。来接我们的当地小伙准时到达，他性格爽朗，接上我们便从濯放出发。在大落水村和里格半岛之间，有一个很多游客未必会停下来的地方，在那里沿着湖边走感觉很舒坦。可能我们到达的时间刚刚好，近中午气温渐高，这里背山面水，此时阳光和煦，水面波光粼粼，岸边砂石密布，很像台湾花莲的七星潭海滩。

里格半岛是很多人落脚泸沽湖的地方，正是十多年前这里发生的种种故事，让我魂牵梦绕。那时，有很多资深的背包客在这里一住就是十天半月，他们在仅有的几家客栈里晒太阳、写文章，然后在“携程”“天涯”等网站发布，我便是读者之一。如今来到这里，我觉得，现在的里格半岛更是一个适合远观的地方。

这一天最让人难忘的是在走婚桥附近草海里的一段行走。村民的猪槽船把我们载到湿地中央。我们穿着高帮胶鞋行走在湿地草甸上，每走一步都小心翼翼，踩着盘根错节的芦苇根，摇摇晃晃，站久一点水就浸漫上来，必须不停地往前走，那种软绵绵的很不踏实的感觉让人落入无定之中，既慌张又有趣。

第三天早晨，我们再一次坐上猪槽船来到泸沽湖最大的湖中岛里务比岛，这里是环览湖景的绝佳之地，岛上还有一座颇为清静的寺庙。不过，这一天的太阳在云层间时隐时现，天气已经不像前两日那般晴朗。红嘴鸥又一次围着我们的猪槽船上下翻飞，比之前更为放肆。拿上行李离去时，太阳终于隐没，山水顿然失色。而此前的几天，泸沽湖像特意盛装打扮之后展露在我们面前，光彩照人。

太多地方，此一离去，可能就是一生。但总觉得还会再来泸沽湖。

坐猪槽船悠游湖上

水天一色的泸沽湖

扎尕那，昔日秘境今安在？

一

这些年自驾游去了很多地方，也多次踏上西部自驾之旅。至今回忆起来，比较难忘的要数前往西北地区的甘南和青海西部那一次。半个月左右的时间，我们徜徉在寺院、草原、高山和湖泊之间，昼则蓝天白云，夜则星月满天。虽然路途也有非常艰难的几段，但总体而言，不像自驾于三一八和三一七国道那么辛苦，又比一般的自驾游欣赏到了更多的美景。

甘南的两座寺庙是必然要去的。拉卜楞寺是藏传佛教格鲁派六大寺庙之一，有藏传佛教最完备的教学体系，被誉为“世界藏学府”；郎木寺则横跨甘肃、四川两省，风光无限。连接拉卜楞寺和郎木寺的，是广袤的桑科草原，它虽比不上之后我们畅行的若尔盖大草原，但

拉卜楞寺，早起打水的喇嘛

初醒的拉卜楞寺

一路上有山有水，有牛有羊，道路平坦而顺畅，遇上阳光灿烂的日子，车内放起悦耳的音乐，有种人在旅途的自由感。尤其是临近郎木寺时，会经过一片迷人的水域——尕海，我们在路边停留片刻，看别人放牧，偶尔逗逗牛羊。之前有好几个朋友曾深入尕海，尕海因时间和天气的不同而大异其趣。

拉卜楞寺才是我们自驾的第一站。十月的天气，已经夜凉如水。白天揣着相机在寺院及周边闲逛，晚上则聚在青年旅舍里闲聊。来这里的信众很多，我们甚至都插不进转经的队伍之中，年轻的小喇嘛也特别多。某一日闯入其中一个大殿，诵经声此起彼伏，壮观的景象让我瞠目。只见堂皇的大殿内，穿着暗红色僧服的僧众一大片，正围坐着诵经，不由自主地，我收起手中的相机，安静地坐在了角落，虽然听不懂什么，但可以感受到一种氛围，实在难忘。

郎木寺是我们自驾的第二站。据说，沿郎木寺大峡谷一直往里走，可以直达九寨沟。我们在傍晚时分抵达峡谷，越往里走人越少，峡谷内乱石遍布，水流湍急，倒也幽静。在郎木寺和峡谷之间，有一片山坳中的平地，可能是下课了，无数小喇嘛在这里游玩，踢足球、打羽毛球、赛跑、丢手绢、玩水……开心得不亦乐乎。他们一改寺院里肃穆的神情，个个脸上洋溢着快乐与天真，尤其是在傍晚温暖的阳光里，孩子们的纯真与大自然的清新，是如此契合，令人无法不沉醉其中。待我爬上山坡，景致更为美好，零散的几个小喇嘛居

郎木寺，
傍晚的剪影，
终生难忘

郎木寺
撒风马的人

落满风马的草地

从四川这边望向甘肃那边的寺院

山脚下的大殿

然在跳大绳！欢乐的声音从山坡上荡漾开去。我仔细看他们手中的红色大绳，竟然是用僧衣的束带拧成，多么无拘无束啊。我在逆光中摄下他们，其中一位小喇嘛正好高高跃起，从黑色的剪影中都看得出他的开心，这是我自己为数不多特别满意的照片之一，从注册微信之日起到现在我都一直用它作我的头像。望向对面的山坡，橘红色的山岩下，好几位小喇嘛在撒风马，风马在晚风中飘起，再缓缓落下，如薄雪轻洒绿色的大地。他们暗红色的身影，跃动其中，成为鲜活的点缀。此情此景，让我怎么舍得放下相机？

第二天清晨，我们早早赶往位于甘肃那一边的天葬台，其实这里有两座寺院：一座是四川的达仓郎木格尔底寺，另一座是甘肃的赛赤寺。这是我第一次也是唯一一次目睹天葬的过程，我们离得较远，只能观其大概，待在一边静候的秃鹫倒是清晰在目。作为藏族舍身布施的传统丧葬方式，天葬其实含有灵魂不灭、轮回往复的核心要义，是一种颇为尊贵的布施方式，亦体现了一种崇高的境界。整个过程没有繁复的仪式，他们似乎早已参透来于自然归于自然的生命本质，一切都那么坦然。这一天，从甘肃方向望向郎木寺的景色，也让我久久难忘。清晨的光线本就迷人，加上雾和烟，眼前的景色便妙了起来，似醒非醒的小镇和寺院，时远时近，时静时动，背景则是大面积的草地和青山。难怪有人将这里誉为“东方瑞士”，有好几个角度也许真不输阿尔卑斯山的景色。

『东方瑞士』的清晨

若尔盖，
风吹草低
见牛羊

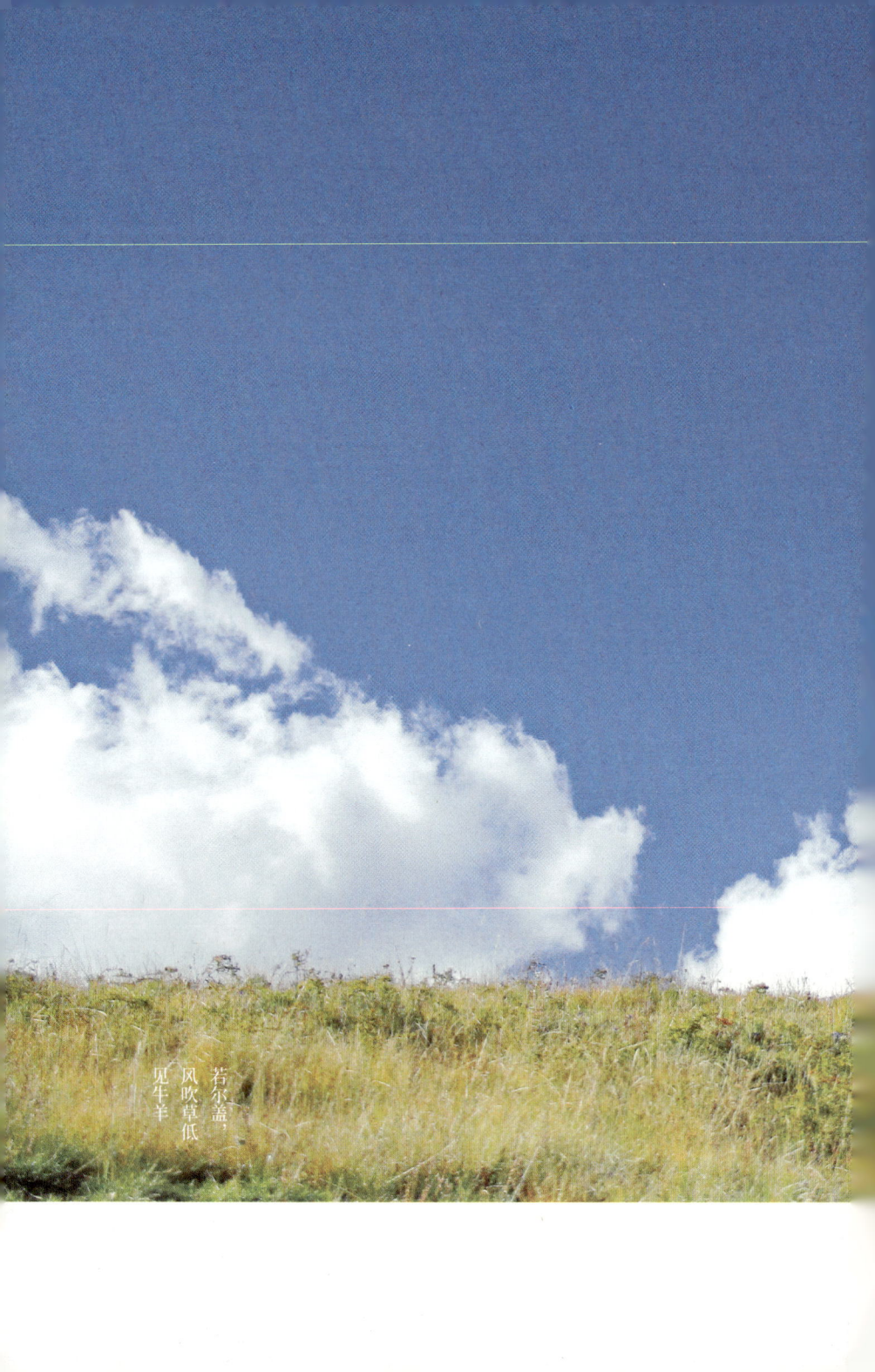

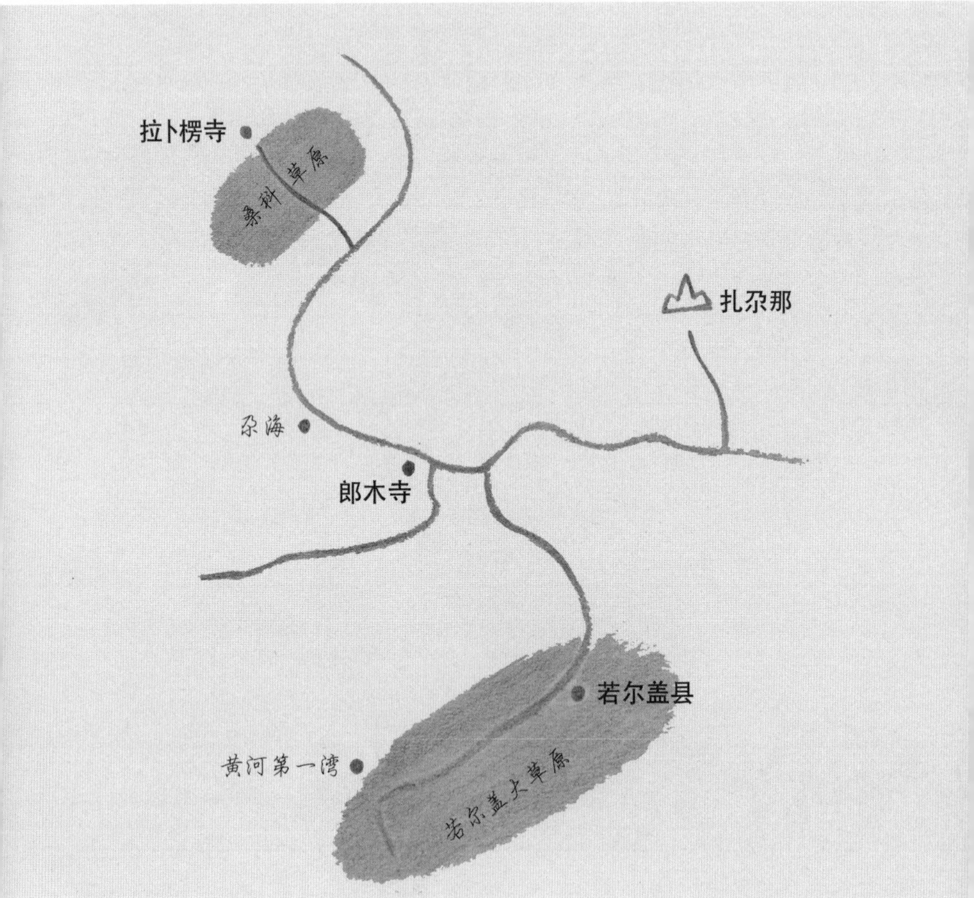
拉卜楞寺
桑科草原
扎尕那
尕海
郎木寺
若尔盖县
黄河第一湾
若尔盖大草原

郎木寺颇像我们的中转站，往南驶过美丽的若尔盖大草原，便是下一个目的地——黄河第一湾，往东则是位于甘肃迭部县的山村扎尕那，往西北是拉卜楞寺。在后面的日子，我们将前往扎尕那小住，然后驱车千里，一路经过青海的同仁、循化、化隆到达西宁，再走过青海湖和茶卡盐湖，翻越祁连山，来到甘肃的张掖。

从郎木寺去唐克黄河第一湾的路非常平顺，几乎一直行进在广袤无垠的若尔盖大草原。若尔盖大草原地跨四川的若尔盖、红原、松潘，甘肃的玛曲、碌曲，青海的久治，是国内三大湿地之一。这里水草丰美，牛羊非常多，成为草原上最动人的风景。我们时常要给成群的牛羊让路，有时候遇到大胆的牛群，彼此面面相觑，感觉我们倒成了它们眼中奇怪的生物——的确如此，我们才是真正的闯入者。不长的路程，我们时常会兴奋地停下，一百公里的路往往要开上三四个小时。

从唐克黄河第一湾返回郎木寺的那个夜晚，又经历这些年旅行途中一个非常难忘的瞬间。摇下车窗，飕飕的夜风从窗畔掠过，抬头仰望，苍穹浩瀚，繁星满天，突然没来由地感到个人的渺小，竟陷入忧伤，一时难以自制。地面漆黑一片，我们不得不打开大灯行驶，偶尔遇到会车，彼此闪一下大灯，都会自觉地切换成行车灯。在茫茫无际的草原，这样的交会竟给人一种他乡遇故知的奇妙之感。夜行五个小时，我们终于回到郎木寺。

二

这些年的自驾经历，越来越让我觉得：最难忘的不是人人趋之若鹜的某个景区，而是路上不经意的相遇，它可以是一个村落，一条河流，一个山坳，也可以是一棵大树，一块山石。

位于甘肃迭部县的扎尕那便是这些年自驾游回来之后仍然会想念的一个地方。因为我们去时，它正以一个不太知名的山中村落，隐隐透露出希望为外人所熟知的欲望。百年前，美籍奥地利探险家约瑟夫·洛克（一八八四～一九六二）初见它时曾这样写道：“我平生未见如此绮丽的景色。如果《创世纪》的作者曾看见迭部的美景，将会把亚当和夏娃的诞生地放在这里。迭部这块地方让我震惊，广阔的森林就是一座植物学博物馆，绝对是一块处女地。它将会成为热爱大自然的人和所有观光者的胜地。”百年之后，这里的村民正在把自己的村屋改头换面，希望变成游人喜欢的样子。

我们抵达时，整个扎尕那只有一家像样的青年旅舍，根本订不到房间，我们只好现场一家一家地看村居。我倒是很中意完全未加改动的原始村屋，底层养牲口，手脚并用地通过木梯爬到二楼，这里才是人居住的地方。墙是用泥土加山石夯筑而成的，屋顶和围栏用原木搭建。说来奇怪，我在一幢叫“洛克小屋”的村居里兜兜转转，愣是没有见到主人。隔了十来分钟，一个背着大竹篓的漂亮女

扎尕那，佛塔笼罩在烟和雾之中

孩才在邻居的招呼下冒着烈日赶回来，她带着腼腆的口吻说：“你们随便看看。”我问多少钱一晚，她带着羞涩的微笑：“随便吧，一个人四十？”完全没有成熟景区生意人的那种精明与老道。可惜同伴们觉得太过简陋，于是重新找到一处正在翻新的人家，厕所和洗浴间还没建好，二楼有三四个房间。那一晚的住宿，虽然条件有所改善，但其实仍然非常“原始”。

安顿好之后，我们就向峡谷进发了。这里群山高耸，天空湛蓝，抬头苍鹰盘旋，低头泉水潺潺，山石遍布于溪流之中，让人想起台湾的太鲁阁大峡谷。时值初秋，山林渐黄，野生沙棘和不知名的野果子一路结满枝头。待到我们走累回到村里，一场豪雨滂沱而下，我们躲进村里唯一的一家青旅小坐，这里果然聚集了一些一看就是常年在路上的“大驴”。

山村没有任何娱乐设施，小卖部都难以觅见。这里的夜特别漫长，晚上也没有洗漱的地方。一个五六岁的女孩，在父亲的吩咐下，打着手电筒带我去她叔叔家洗澡。在伸手不见五指的夜里，我几次担心小女孩怕黑，让她告诉我叔叔家的位置即可，让她先回去。她一副无所谓的样子，带着浓重的乡音：“你不认识的。你不认识的。”而她叔叔家所谓洗澡的地方，只是有一根皮水管而已。厕所更是简陋，一扇几乎掩不上的门，一块架空的大木板挖个大洞便是了。在简陋的冷水澡之后，就是在木屋里等待入眠，没有 Wi-Fi，手机信

清晨牵马的小伙

号也时有时无。窗外漆黑一片，山村静得让人感觉像是被世界遗忘了似的，那天我在朋友圈里这样写道：想想家人，想想朋友，想想这些年曾经相遇又散失在茫茫人海中的一些人，这样的夜太少了。

第二天清晨在村子里踱步，因为光线的变化，山村呈现出另一种美，这种美，混合着江南的清丽与西部的宏阔，令我更喜欢这里了。远处是从云雾中探出头的高耸山巅，近处是安静的村庄。往上爬，藏传佛教寺院中的白塔处已经有了烟火，山鹰从远处飞翔而来，在寺院的上空盘旋。小伙牵着马与同伴招呼着，妇女挎着篮孤行于小径上，鸡鸣犬吠，如一幅生动的画卷。尤其令人舒爽的是，这里的空气如此清新，吐纳之间身心舒畅。随着太阳的升高，山村被照亮，活泼的孩子也纷纷从自己家里出来，嬉闹着开始了新的一天。

离开山村的时候，几公里外的进村山道已经在修造牌楼了，进度和刚开始修葺的民宿差不多。时至今日，我估计它们都已经投入使用了吧，估计山村已换了一副容颜。

坝上，会一场浓墨重彩的秋

大约在二〇〇三年前后，我刚接触数码相机，常上“蜂鸟”和“色影无忌”两个论坛。那时，对论坛上一些时常出现的风光摄影地十分向往，其中就包括坝上。“蜂鸟”还每年组织“蜂舞坝上”的活动，可惜由于各种原因一直没能成行。坝上碧绿的草原、丰饶的泡子、绚丽的落日，借由别人的照片一直印在我的脑海中。后来，陆续读研、工作，对风光摄影的兴趣似乎也没那么浓厚了，走的地方也更远了，坝上就这么渐渐地被我遗忘。

十五年后的那个国庆长假，原先并没有安排出行计划，休息了两日实在觉得浪费时间，突然起意还是要出去走走，这时候，坝上不知怎么的就冒了出来。立马约上朋友一起，飞到北京，租一辆越野车一路向北。

出北京城的时候有些拥堵，没想到过承德、隆化后却畅行无阻。

隆化之后，由高速转向省道和县道，借此领略北方的秋高气爽。沿途很多地方已经染上秋黄，成片成片的，让从江南过来的我们忍不住时常停车驻足，就这样不紧不慢地开着，到达第一晚住宿的御道口牧场已是黄昏。天空正渐渐由宝石蓝变成玫瑰红，暮色中的风车已成剪影，它慢悠悠地转着，直至夜幕降临。

夜晚已不只是秋凉，而是如江南冬天一般的寒冷，我们早早地睡下，第二天天没亮便起床摸黑拍照去。喜欢摄影的人，怎能错过如此紧要时分？驾车来到金莲映日景区，地上已经铺满厚厚的霜。景点虽然略显普通，但清冷的空气，旭日初升的柔光，是如此难得，连沼泽地里的荒草杂树，此刻都自带光芒，让人不禁连连按下快门。

阳光越来越暖和，我们赶回酒店用早餐，回程途中又被吐尔根草原的景色吸引。十多年前相片里看到的景象，此刻出现在眼前：一丛丛白桦，像画一般点缀在金色的缓坡上。白色的枝干，金色的树叶，在清晨的阳光里，明媚亮丽。择一棵白桦树背靠着坐下，抬头是蓝色天空中一钩迟迟不愿西沉的皎洁明月，平视则是起伏的金色山峦。低头，金黄的树叶浅浅地铺满一地。面对此景，有点后悔来晚了，却又庆幸终于来了。

其实，吐尔根草原并不是坝上的核心景区，我却沉浸在这没有喧嚣游人的享受中。待我们用完早餐，准备前往核心景区红山军马场时，体验就没有那么好了。还在距离乌兰布统景区收费口十多公里处时，行车速度就已经变得异常缓慢，我们只好如蜗牛一般前行。唯一的亮点，是塞罕坝机械林场附近的金色杉树林，美得实在不像话。终于找了个不影响车辆通行的豁口停下，下车后我们像孩子一般冲进树林里嬉闹一番。重回车上，随后的十几公里，断断续续开了好几个小时，终于艰难抵达目的地。正午时分，红山军马场空空荡荡，估计游客都四散于大草原上的各个景点了吧。

乌兰布统景区非常大，有若干观光线路和许多小景点，当天我们选择了前往蛤蟆坝的路线。才走到半道上的桦木沟，一个个就被眼前的景色震撼到了。桦木沟的白桦林比吐尔根草原上的更为茂密，有些山头层层叠叠全是桦木，像老天不小心洒落的油彩，布满整个山头，异常耀眼，拍照时反倒不知该如何取舍。抵达蛤蟆坝时，太阳即将落山，游客非常多，有的已经准备折返。虽然我们来晚了，已经背阴的蛤蟆坝，依然有其不同凡响之处。如果说，半道上的桦木沟像一位热血青年艺术家的作品，那么蛤蟆坝则是一位技艺更为娴熟的高人之作。白色的羊群和奔驰的牧马人，让无比安静的画面有了一分律动。随便拍一张，都是一幅优美的画。

又一天过去，我们想着还没有好好看一场日出，便商量着第三天要起个大早去爬山头。简单做了攻略，北沟是一个不错的选择。摄影人果然是最勤劳的一个“族群”，当我们摸黑开车赶到北沟时，居中的一个山头早已布满密密麻麻的人影，停在下面的车辆也串成

北沟的白桦林

一条线，一眼望不到尽头。这让我回忆起某一年在张掖丹霞看日出的情形，当时体验极其不好，于是犹豫片刻便径直将车往前面开去。几百米外，另一个山头，只有三三两两的游人，我们停好车便开始手脚并用往上爬，因为眼看着太阳就要出来了。抵达山头，眼前的草地是紫色的，然后慢慢和天空一样变成粉色，待太阳冒出来一点点，又变成一片橘红。当圆圆的太阳整个蹦跶出地面，随着一片金光闪耀，白桦林瞬间被染成金黄。那一刻，整个草原像被激活了，瞬间苏醒，且精神抖擞。旅行过很多地方，看过很多日出，坝上的色彩，最让人难忘。而无数的旅行经验告诉我：应避开热门景点，避开节假日，避开出行高峰，避开热门景点中的人群聚集处。这一次，前面三点都没有做到，但最后一点，却让我们的体验非常舒服。日出后的光线是温暖的，不像正午时分那么刺眼，我们踏着金黄色的草地下到山底，进入清晨时分的白桦林，这时的光线几乎是横向射过来的，最适合拍摄人像。几个人拿出单反，拿出航拍器，拿出手机，一顿乱拍。也许是清晨的光线太过迷人，以至后面的那些景点，如野鸭湖、将军泡子、公主湖等，虽然在乌兰布统景区里更为知名，却让人意兴阑珊。倒是傍晚路经一座荒山，当羊群出现在逆光中，像是与清晨的一种呼应，让人不禁沉迷。不过，迟暮之光到底抵不上日出，它更为沉寂，也更为短暂，很快便迎来星月满天，不由让我想起若尔盖大草原上的那一趟自驾之旅。只是，返回红山

吐尔根草原，
我们是爱摄影的旅人

路经一座荒山，
看见逆光中的羊群

桦木沟，如油彩打翻，洒满山头

阳光退去，
蛤蟆坝呈现出
田园牧歌式的宁静

军马场时，又是一场大堵车。

回程时，我们并没有走承德一线，而是经河北的丰宁，北京的密云、怀柔再到顺义，几乎是一路南下到了北京。经过丰宁时，山路回环，有时一个转弯，对面就闪现出宏伟的群山，山上点染着些许秋意。下到山脚，一些山间小道已被浓浓的秋意包围，两边全是金黄色的大树，我们像孩子般徜徉其间，开心极了。要知道，此时的江南，虽然名义上已经入秋，实则暑意残留，尚无丝毫秋的迹象，更别谈如此肆意的秋了。

仙境喀纳斯

在新疆自驾旅行难免舟车劳顿，尤其是行驶在准噶尔盆地边缘，无边无际的戈壁让人感到了无生趣。一直要过了布尔津县城，地貌才开始有较大变化。这里日落很晚，白天似乎被拉得无比漫长。傍晚时分，车窗外的景色终于让人的心底泛起一丝波澜，尤其在冲乎尔镇附近，远山在望，屋舍俨然，牛羊在温柔的光线下慢悠悠地在大片草坪上踱步，一派祥和景象。我们于暮色降临时抵达喀纳斯景区，又坐了四十多分钟的景区巴士，在漆黑中抵达新村酒店。

喀纳斯景区非常大，因此，住宿选择非常重要。喀纳斯住宿主要集中在三个地方：贾登峪、图瓦老村、图瓦新村。为了赶在清晨时分欣赏到喀纳斯“三湾”（喀纳斯河的三个转弯处：神仙湾、月亮湾、卧龙湾）的绝美晨雾，我们选择住到了图瓦新村。

天蒙蒙亮我们就收拾好行李等候第一班景区巴士的到来，巴士将我们载到游客换乘中心，我们再登上前往目的地的巴士。当我们在车上远远地望见乳白色的晨雾弥漫山谷时，车里响动起来，越靠近，景色越美。车一停，众人如鸟兽散，纷纷投入这旷世奇景。

此时的神仙湾景如其名，地面的杂草全都覆盖上了厚厚的白霜，一片雪白向山脚蔓延开去。半空缥缈的白色晨雾中，树影时隐时现，此时高大的雪山似乎也动了起来。更高处的天空，随着太阳的升起，不断变换着色彩的纯度。凛冽的空气中似乎饱含负氧离子，深吸一口，万般舒爽。走到潺潺流淌的喀纳斯河边，清澈的河水发出动听的天籁。

随着太阳升高，雪山变得清晰起来，山头的白雪在蔚蓝天空的衬托下显得异常明净。当太阳越过山头，阳光驱散了晨雾，融化了草上的白霜，世界又换成了另一副模样。阳光下，我们从神仙湾往南漫步到月亮湾，随后便坐上了返回游客换乘中心的巴士，北上前往观鱼亭。在那里，可以俯瞰喀纳斯湖景。

在喀纳斯大景区范围内，有一个叫白哈巴的村落这些年很受欢迎，村里居住的都是图瓦人，这次终因时间不够而舍弃。我们选择了前往交通更为便捷的禾木村，这里早已因为摄影人的风光照而大热。我们到底是俗人，还是想去看个究竟。

冲乎尔镇附近，牛群沐浴在午后金色的阳光中

深夜，繁星下的图瓦新村

晨雾中的神仙湾，
如同一幅写意画

神仙湾，金秋的华彩

月亮湾，蜿蜒而去的喀纳斯河

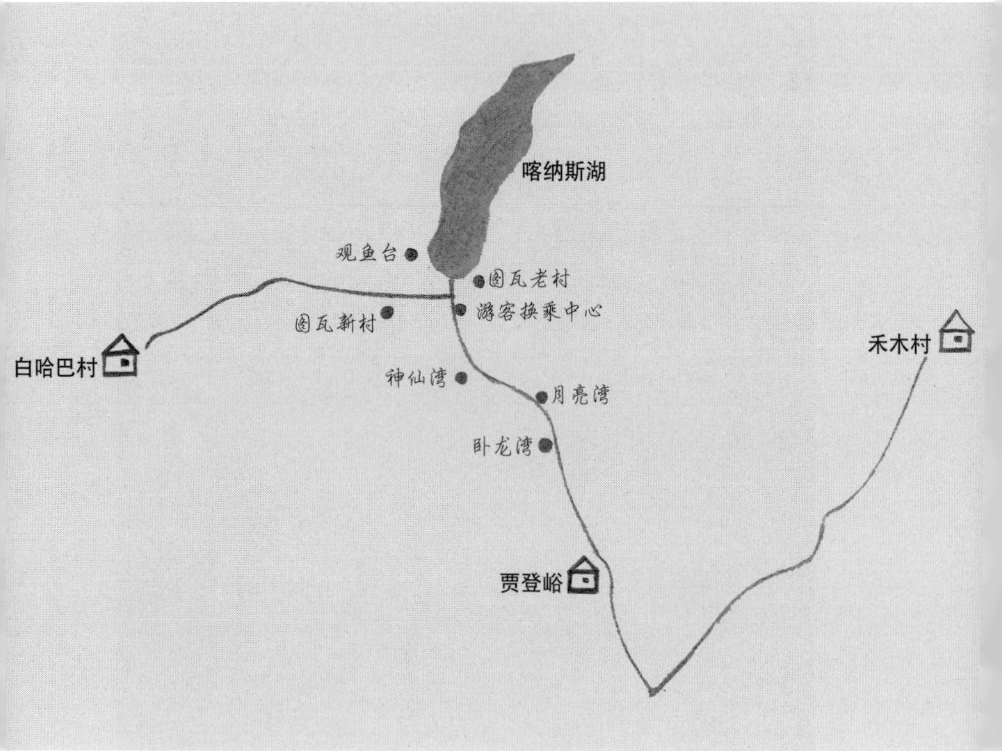
喀纳斯湖
观鱼台
图瓦老村
游客换乘中心
图瓦新村
白哈巴村
禾木村
神仙湾
月亮湾
卧龙湾
贾登峪

光影里的九份已远去

舍淡水而去九份，是临行前两天做出的决定，匆忙而坚决，和绝大多数人一样，因侯孝贤在这里拍摄了《悲情城市》，因宫崎骏《千与千寻》在此地产生了创作灵感。由于时间紧，还没来得及看清台北的面目，便在酒店存好行李，然后在第一时间出发。到台北车站买了台铁票，一路过松山、汐止、八堵，来到瑞芳镇，然后转公车去九份，一路上大概花了一个半小时。

位于半山腰的小镇以旅游景点惯有的熙熙攘攘迎接来客，我一时不知该如何开始，站在人群中犹豫良久，抬头望见山顶上挤挤挨挨的坟墓，想起了台湾电影《父后七日》里送葬的场景：阴沉的天，过膝的草在海风里飘摇，悲戚的音乐伴着送葬人时行时歇的步履。于是索性离开人群往上走。一时喧嚣远离，才想起九份的得名：据说清时初建村落，只有九户人家，人们每次去集市买东西必然带回九份，一户一份，此地因而得名。这地名听上去冷冷清清，却又带着一份温情。站在公墓前，可以望得到九份老街上的人来人往，距离不远，却像两个世界。身前只有一块招魂碑，碑下残烛一根，灰烬几许。我坐下发了一会儿呆，其间没有一个人过来。

本想顺着山路继续向上，走一段鲜有人迹、荒草萋萋的小路，但又不能免俗地害怕老街都没逛就不得不返回台北，所以又下山混进人群。基山街的两边是一家挨着一家的店，烤肠、鱼丸、芋圆……台湾小吃数不尽。街道不宽，两边的店靠得很近，有些店上面有凉棚，所以整条街有时会成为接近封闭的管道，人群在里面穿行，忘了外面的世界。走几步停几步，吃吃拍拍走走，倒也欢乐。大致拐了几个弯，觉得实在透不过气，终于发现一个平台，在这里可以俯瞰基隆港和九份层层叠叠的房屋。几乎每一个游客都会在此停留，脸上略带兴奋，倒是蹲在角落电站房上打盹的两只小猫，偶尔睁开眼看看四周，一副见惯不惊的样子，任凭周围相机的咔嚓声响个不停，依然纹丝不动。

都说九份的夜景美，所以想要找个地方等待夜幕降临。正巧对面那家“忘情小筑”茶馆虎踞一处，看上去是赏景的好去处，尤其二楼的露天阳台，想必有得天独厚的绝佳位置。进门，我直奔二楼，露天阳台只有三个座位，一对打扮入时的日本情侣安静地享用晚餐，一对韩国小姐妹不停地在给自己拍照，我在角落独享一份三杯鸡套

从九份镇可远眺基隆港

餐和一杯红茶，等候天黑。华灯初上，天幕深蓝，眼前的一切和白天果然不同，那些破旧的建筑在黑暗中隐没了，熙熙攘攘的人流也散去了，远处的岛屿影影绰绰，有一刻让我生出想要在此过夜的冲动。最后日本情侣走了，韩国小姐妹走了，我独享着露天阳台和眼前安静的九份。

回去时，和一群陌生人一起站在半山腰的车站，被晚风吹得有点瑟缩。公交车穿过几个小镇很快抵达台北，然后沿着长长的八德路进入市中心，偶尔一瞥，看到饶河夜市的辉煌灯火，台北，我来了！

台北中正纪念堂

恒春半岛：青春与自由之地

高铁飞驰，一路向南。靠着车窗，和煦的阳光可以照到我的半个身子，耳朵里不停回旋着黄小琥和权振东的歌。每次旅行路上，我总是会自虐般地播放让人愁肠百结的歌，然后全世界只剩我一人似的沉浸在乐曲的氛围中，回忆往事，幸福与忧伤同时涌来。

一个半小时后，抵达高雄左营车站，很快找到垦丁快线的购票处，惊喜地发现使用悠游卡可以打折。一上垦丁快线，立马“满血复活”，高铁上的那种伤感情绪瞬间蒸发，手里拿着购票处的免费小手册翻来覆去地看。只是一路漫长，行程差不多需要两个半小时，恍恍惚惚睡了一觉。睁开眼，窗外闪过林边小镇的槟榔招牌。不多时，蔚蓝的大海开始显现，像是能给人提神一样，我一下子就不犯困了。

午后的垦丁，并没有想象中的游客如云。天空高远，白云飘飘，

白天的垦丁人很少

一派南国景象。沿海岸而建的大湾路上，我像独行侠一般拖着行李箱，哪怕尚不知酒店在哪里，也自信满满。阳光和空气都带着一股清爽的味道，很难再让人心生惆怅。

很快找到预订的旅舍，来自越南的老板娘给我办理了入住手续。冲完澡，换上富于热带气息的短裤和背心出门，我打算租一辆机车，沿太平洋一路行驶去看鹅銮鼻公园的灯塔和台湾最南端的礁石。然而，老板娘几个电话打下来，对方都说没有机车可租了。我带着碰运气的心情踱步出门，甚至期望能够搭上陌生人的车。没走几步，忽然看到路边一位大妈在停车，我试探性地问她是否可以租车给我，她爽朗大笑：小伙子你赶得太巧了，人家刚还给我，跟我来！于是她带着我来到一家名叫“海堤”的旅舍为我办理租借手续，五个小时她要价六百新台币，我又试探着问能不能便宜些，说我不到五个小时就能还车。她又爽朗地笑笑：好吧，五百！你只要晚上还我就行。这里的人，说话做事，和这里的阳光、大海和空气一样爽快。

骑上红色电动车，我心花怒放，一下就开出很远。出发后，才发现中饭都没有吃，那时已是下午三四点光景，马上冲向万能的7-11便利店，三下五除二填饱肚子再次上路。左边是青山，右边是大海，迎面海风徐徐，头顶白云蓝天，我骑着电动车恨不能飞起来。那时那刻，我不由自主地放声高歌，一首接一首，连《亲爱的小孩》这首忧伤的歌都被我唱得欢快无比。路上超过骑自行车的旅人，大家相视而笑，有时我还顽皮地吹着口哨与他们打招呼，像极了一个没心没肺的小混混。当然也有驾驶狂野机车的人超过我，他们 Hey 一声之后便呼啸而去。路上遇见沙滩，停下车子，锁也不用上就甩掉鞋子奔向大海。沙滩上，陌生的旅人有的发呆，有的在海浪里翻滚，有的在练习冲浪，我们见到后都大声地打招呼，哪管熟悉与陌生。人的心情真的很容易被环境影响，在那个阳光灿烂的午后，在那个太平洋的风吹拂着的午后，我享受到长久以来都没有过的畅快和开怀。

远远地看到著名的鹅銮鼻灯塔，却找不到入口，我在山丘间往返，这时遇上一对广州的夫妇骑着机车从鹅銮鼻公园出来，于是先相约一起前往台湾最南点意象标志。我的小电动车跟着他们的机车“突突突”地一会儿上坡一会儿下坡，偶尔交谈几句。不过，台湾最南点意象标志的地理意义更要大过风景，很多人围着那块雕塑拍照，我没多大兴趣，看看海就走人了。返回来继续寻找鹅銮鼻灯塔的入口处。

终于进得公园，阳光不再刺眼，它斜斜地照着，把人影拉得很长，有一种迟暮的温暖。灯塔前有空旷的草坪，游人无一例外地在此拍着到此一游的照片。回望海湾，景致美极了，远远地能看到夕阳里的垦丁小镇。几乎就在我看着灯塔发呆的瞬间，光线暗下来，人们纷纷离去，前往垦丁小镇。草坪恢复了平静，夕阳渐渐在树梢

鹅銮鼻公园

大家殊途同归于
鹅銮鼻灯塔下

和山头隐没，绯红的天空有海鸥在翻飞往来。我踱到草坪一角，站立着看夕阳坠落的轨迹。突然出现一位女子，双手交叉于胸前，认真地说：“看来你是懂得美的，不懂的人都回去了。”我一惊，礼貌地回应：“过奖了，过奖了，我喜欢拍照，这个时候的光线最迷人。”她说：“我是导游，先让他们集合去了，来这里再发一会儿呆，清静清静，带团太闹了。”我心领神会，微微一笑。不久后她也离去，我坐下来继续观景。

渐趋昏暗的光线里，两个拿着单反相机的小伙迎面走来，我们几乎是不约而同地开口打招呼。没有寒暄熟络的过程，大家席地而坐，一起看夕阳落去，看灯塔亮起，看海鸥翻飞，看薄云轻移。兴起时，彼此把玩对方的相机，还玩起了互拍的游戏。交谈后得知，他们都来自上海，都是一个人上路，只不过，一人从台北出发，沿台湾西海岸一路南下，经台中、高雄抵达垦丁；一人也是从台北出发，沿台湾东海岸一路南下，经花莲、绿岛再到垦丁。三个独行侠在遥远的台湾岛最南端相遇，一起欣赏日落美景，一起讨论拍照心得。

夕阳隐没，星星亮起，气温下降，海鸥的影子也渐渐看不清，太平洋的潮声却变得清晰起来。到了要分开的时刻，他们还要绕过海角赶夜路去恒春看初火（一个因地热而自动冒火的小景点），我则担心电动车的电量不够要赶回垦丁小镇。晚风很凉，吹得人直哆嗦，回程的路上行人寥寥，只有看不见的海潮一路相伴。抵达垦丁

清晨的沙滩，
望着太平洋，
无比平静

时有点儿惊讶，白天几乎没什么人的大街上，此时竟涌动着无数青春的脸庞，盛宴开始了——台湾的夜市最抚慰人心。

夜晚，枕着太平洋的海潮入睡，没有感到丝毫的陌生。

清晨照例早起，坐在微湿的海滩上，望向一望无际的太平洋。此时的垦丁呈现出另一番模样——清醒，沉着，积蓄着绽放的能量。我光着脚丫踩着海潮一路独行，很少遇到早起的人。哪怕是和家人、朋友一起出门旅行，我也经常喜欢独自早起放空，这一段时光，就像是自己独有的。这个早晨同样如此。如果说，白天的垦丁散发着青春少年般的热情与开朗，那么清晨的垦丁，则显现出哲人般的深邃，耐人寻味。这一程，拍出的最满意的照片，都是在这个独行的早晨。

用完早餐，外面阳光灿烂起来。我计划去恒春——这是一个我特别喜欢的名字。恒春，恒春，恒久如春，而《海角七号》这部曾经以恒春为背景的青春电影，影片中的邻里关系，也如这个名字一般温暖。

恒春离垦丁非常近，骑机车就可以到达，坐高雄快线只需二十分钟，下车的地点就在恒春的南门，一座红砖城门兀自立在大路中央，成为恒春镇的标志性建筑。

其实我并没有明确的打算要去逛恒春的哪些地方，走着走着就到了恒春老街，老街两旁的景致一如大陆二十世纪八十年代末九十年代初的乡镇。顺着指示牌，来到阿嘉的家，这是一幢二层小楼，是电影《海角七号》主角阿嘉生活的地方，也是恒春最知名的一幢小楼。小楼刷得粉白粉白的，像个小妾似的依附着另一幢更高的楼房，小楼大门上写着大大的“阿嘉的家”四个字，一人高的邮筒立在旁边，方便着喜欢写明信片的青年旅客们。不过，作为一个景点，它太普通了，大概会让很多人失望，尤其对没有看过这部电影的人来说，更会觉得不明所以吧。

找了个街边花坛坐下。一对年轻夫妇带着一个小女孩过来搭话。很奇怪，大家一聊就感到毫无芥蒂，相互问起家乡、工作、旅途故事。女的来自江苏镇江，男的台北人，目前两人都在北京工作，租一辆车自驾台湾。临走了问我要不要搭车，可惜我们方向不同。他们走后，我拿起相机翻看，原来这一家子竟然就是我刚下车时拍摄到的路人。更好玩的是，等到四天之后我返回台北，在桃园机场登机，又遇见他们。这样反复的相遇，在斯里兰卡、土耳其旅行时都曾碰到过，大概也是一种缘分吧。

恒春镇上实在没有太多吸引人的地方，中午过后，我索性就在邮局前的小花园里写明信片、打盹，斑斑点点的阳光晃在身上，微风轻缓。比较狼狈的是，我不小心打翻了瓶里的水，各种小票、打印的攻略、随身携带的书，湿了大半。我索性不顾形象，将它们摆摊儿似的一一晾晒——那一刻，外人看到的我肯定有点儿落魄，一

恒春的南门，
兀自立在
路中央

不能免俗地在『阿嘉的家』门口留影

个异乡人孤零零地在恒春的一个小广场上晒东西，其实内心里的我无比放松自在。有时候一个人旅行，最大的魅力也正在于此——自由。

午后四点光景，我准备到枋寮车站坐台铁去花莲。临行前在路边摊上买烤地瓜，那位阿姨竟然也是江苏人，来自淮安。她已在恒春待了十年，说喜欢在这里做做小本生意，觉得自在。她一再叮嘱我别烫着，还十分贴心地告诉我该坐什么车去枋寮会比较快，骨子里已然浸染了这里的淳朴与热情。

枋寮车站让我想起小时候苏州郊外的外跨塘车站，当时沪宁线上很多小镇，比如苏州的浒墅关、外跨塘、唯亭等小镇都停靠绿皮火车。枋寮车站非常简陋，像是被现代化遗忘的一处地方。站在站台上，眼前是暮色中的荒野和隐隐的远山，感觉自己也像被遗忘在了异乡似的。

花莲，也许未见你的好

抵达花莲已是深夜十点，寒风飕飕，县城出奇地安静。那一刻，特别能领会“随风潜入夜，润物细无声”中“潜”字的妙用。我差不多就像那细雨，悄无声息地潜入了陌生的城市，陌生的街巷。

前来的路上有些孤独，自打从枋寮车站出发之后，天就暗了下来，尽管什么也看不见，可我还是忍不住把脸贴到台铁明净的窗玻璃上，试图看到窗外那广阔蔚蓝的太平洋。倒是那一轮海上明月，一路四五个小时都与台铁紧紧相随，永远挂在窗侧。《亲爱的小孩》又应声响起，一个人的路上，我又自虐了。

入住酒店之后，还是忍不住好奇的心走到街上晃荡。路灯昏黄，街上了无人迹。看到一家街头面店，才想起晚饭都还没吃，于是走进去。小本经营的一家子，现在只接待我一个客人，招呼、煮面、把面端上桌，然后一家子也自顾自地吃起来，他们之间偶尔用闽南

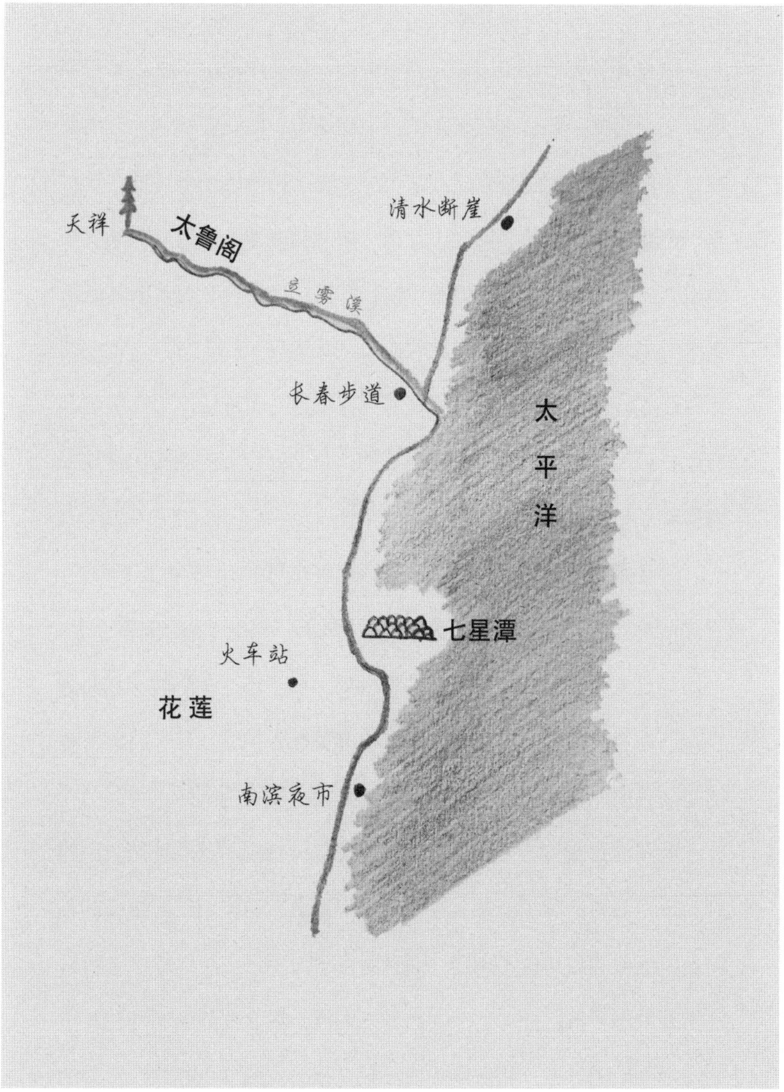
天祥
太鲁阁
立雾溪
清水断崖
长春步道
太平洋
七星潭
火车站
花莲
南滨夜市

语交流一下，还有一位老人在一旁静静地剥着槟榔。

第二天一大早就出门了，的士很少，公交车更少，索性步行穿过大半个县城，然后来到火车站，沿途顺带一睹花莲真容：街道普通，店面破旧，招牌林立，非常干净。由于特殊的地理环境，这里水汽氤氲，火车站背后的青山顶被一层薄雾笼罩。站前有很多机车出租店，因为之前在垦丁偶遇一位独行侠，他曾在花莲软磨硬泡租到过机车，于是我也拿出大陆驾照想试试运气，哪知对方一定要国际驾照才肯租。结果，没有机车的我在花莲寸步难行，大大影响了行程。最后只好坐上一个小时一班的“台湾好行”中巴车，前往太鲁阁和七星潭。

太鲁阁大峡谷的名声在台湾应该能够排进前五，去的人非常多。平心而论，这里的风光非常普通，比大陆的“三山五岳”要差不少。一路经过太鲁阁牌坊、砂卡礑、长春祠、燕子口、布洛湾、九曲洞步道、绿水合流最后到达天祥，基本都算峡谷风光，让人略感新奇的是峡谷里的立雾溪，河床和卵石都是由大理石构成的。

七星潭是花莲必到的景点，这里的海滩有别于我这几年去过的任何一个海滩。除了直面太平洋的隆隆潮声，这里由层层叠叠的鹅卵石所组成的海滩望不到边，而且看样子海潮还在不断地冲刷和运送着新的鹅卵石。面对这么大的砂石海滩，游客不约而同地在其中找寻漂亮的鹅卵石，蹒跚学步的小孩在找，女大学生在找，年轻的

七星潭沙滩，
捡石头的小女孩

七星潭沙滩边的一对情侣

七星潭，望向广阔的太平洋

情侣在找，中年夫妇在找，年迈的老人也在找……我拿出长焦镜头，拍下无数专注找寻的身影。拍累了，一屁股坐在鹅卵石上看潮起潮落。有时海潮会漫过鹅卵石铸成的海堤冲过来，一群人撒腿就往回跑，偶尔撒下一大把石头，海潮退去又重新开始找寻。七星潭是一个适合发呆的地方，在这样一片沙滩上，人会变得更加单纯。

天色将暗，人们三三两两来到路旁草地上坐着，等候最后一班“台湾好行”中巴车。渐渐地，太平洋已经看不清，但海潮依然声声入耳，倒叫人没那么急着想要回去了。末班车终于到来，一群人挤上去，前胸贴后背，一声声“对不起”“不好意思”“没关系”“不客气”，倒一下让人觉得有些温暖。到达花莲火车站，满满的一车人立马各奔东西，分散到县城的四面八方。

当我准备回酒店房间休息的时候，前台说可以免费给我提供自行车。疲惫的我立马满血复活，上楼洗把脸之后，便穿着人字拖骑上自行车前往南滨夜市。谁料，这个夜晚竟成为我在花莲度过的最难忘的一段时光。

骑行不远，就看见大广场上挤满了人，原来，贝西伯爵（一九〇四～一九八四）大乐团来到花莲现场举办爵士音乐会，竟然被我撞上了。破自行车往街边一扔，锁也没上就挤进人群，周边都是前来纳凉的大叔大妈，放眼望去，黑压压的全是人，我心底估摸着，大概全花莲的人都来了吧。一旁的大妈看我背着相机，估摸着我是游客，便用台湾腔说：“小伙子我告诉你哦，你运气可真好啦，今天的表演很好看哦。”然后让了点空间给我。我挤在万千人群里，自在地看着表演，完全忘记了自己是个异乡人，直到肚子饿得咕咕叫，才想起要去海边的夜市。

沿着大路咯噔咯噔骑到南滨夜市，眼前又是晃动的人群。白天空空荡荡的花莲县，原来竟然有这么多人。不过台湾夜市真的非常值得一逛，我先在美女店员排排站的水果摊上买了一杯果汁，然后一路杀下去。哪知才逛下来一半，卤大肠、盐酥鸡、山楂果、烤鸡翅、炒粉……手臂上已经套了五六个塑料袋，差不多可以再摆个小摊了。吹着带咸味的海风，我穿着人字拖踢踏踢踏地边走边吃，没过多久，已经略微发福的肚子便腆了起来。回程路上，我故意绕行到还没有走过的小路，有的街灯都没有，只能一边骑一边按着车铃，一路上还哼着歌儿，俨然回到不知天高地厚的初中年代，放浪形骸，那种无拘无束的快乐，已经久违了。

再过广场，爵士音乐会刚好结束，挤在四散开来的人群里，我一手拎着几个小吃袋子，一手握着车把，丁零丁零招摇过市，虽然回的是酒店，但完全没把自己当外人。

花莲的南滨夜市

雪窦山，禅林隐飞瀑

在没到雪窦山之前，我只知其为弥勒道场、蒋氏故里，并未有过什么期待。比之“三山五岳”，它在全国的知名度要小一些，哪怕在浙皖一带，一般人也是对黄山、雁荡更为熟悉。我与雪窦山，又一次因书结缘，沈水波老师的《雪窦禅林》第一次让我惊叹：原来雪窦山也可以这么美。于是一而再、再而三地来，认识也逐渐加深。

第一次到奉化，并未上雪窦山，倒是对这里的三味书店印象深刻，这里毕竟不像成都方所、苏州诚品、南京先锋、杭州晓风，有相当数量的文化群体以及城市总人口基数作支撑，小小的奉化城区，要养一家特色人文书店，想来也不易，几次去，人确实不多，店主如没有一点情怀和对故土的热爱，应该早就另觅他路了。这里的水蜜桃和芋艿也给我留下深刻印象，我素来对吃没有什么追求，如今想起却依然口舌生津。

第二次来，先到溪口。这里，几乎一切都与蒋介石（一八八七～一九七五）有关。虽然他远渡东瀛、奔波沪粤，渐成风云人物，但在他的一生中，溪口显然占有举足轻重的位置。出生、成长并求学于此自不必说，哪怕日后已成风云人物，他回归故里或下野寓居，怀抱悠游桑梓之心不太可能，恐怕更多的是盱衡世情，图谋东山再起。多少决策，都在他出生的这个地方谋划、生成而影响全国时局。武岭城门、文昌阁、蒋氏故居、丰镐房、武岭公园，无不和他相关，连很多菜馆现在也用着他的姓氏，甚至烧饼摊也不放过，多少要来一些牵连。我特别喜欢进武岭城门之后的文昌阁区域，这里香樟参天，绿意盎然，虽紧衔繁闹街市，但有一种我自清幽的遗世独立，尤其临河处一棵高大枫香树下，小小一弯拱桥，引剡溪而来，颇有意境。

吃了两个现烤的奉化烧饼便驱车前往雪窦山，那是初夏的一个工作日，天上下着绵绵细雨，山峦苍润，几乎没什么游客。一入景区就来到一个让人印象深刻的景点——千丈岩。未见其形，是隆隆瀑声慢慢把我引至跟前，只见瀑布翻滚而下，气势撼人。这几年，离杭州不远的黄山、武夷、龙虎、雁荡、三清、莫干、齐云均已走遍，虽然雁荡等亦以瀑布闻名，但雪窦的瀑布群还是更让人记忆深刻。千丈岩过后是一条绿道，两边有不知名的老树冠盖如云，去时正好水汽弥漫，负氧离子无比充盈，让人感到特别惬意。来到妙高台前，遇到七八个游客，大家纷纷站在突出的岩石边远眺。雪窦山虽然不高，但从这里望出去视野非常好。近处的亭下湖，估计是由雪窦山的瀑布汇聚而成，夹在群山之间，温润而灵动。绝佳之处，古人留下诸多诗文。据称蒋介石在溪口的最后一个春节亦在妙高台度过，自此便与他的血脉之地永别。妙高台附近有很多修竹，初夏雨中，尤显翠绿，层层叠叠，看也看不透。那日赶着要回杭州，在雪窦寺游览一番之后，便匆匆离开。

再一次来雪窦山，经沈水波老师安排，住进了雪窦寺，且有幸认识了然相和持定两位法师，参加了寺院的早课，殊为难得。当时正计划去印度，对那里的佛教文化和古迹充满向往，便向然相法师请教，然相法师曾在那里修学，娓娓道来，心下钦佩，之前与修行的法师接触甚少，这是第一次切身感受佛法的渊深。

第二天的早课，也是一次难得的经历。四点多天还没亮，寺院僧人便鱼贯进入大殿，信众们也随之而入。在怡藏大和尚的带领下，按照佛教仪轨，相继念诵《楞严咒》《大悲咒》《十小咒》《心经》等。经允许，我拍了很多照片。早课结束，外面已晨光熹微，清晨的雪窦寺宁静安详，弥勒佛微笑着望向芸芸众生，保佑着东海之滨的这一方水土。

寺院安排了三位师父带我们游走三隐潭，这是之前来雪窦寺未曾涉足之地，也正是这一次，让我瞬间明白，为何雪窦山又叫“瀑

小师父默对山崖时，
我抓拍了一张他的背影

布山”，为何雪窦寺在晋时开山便被称为“瀑布禅院”。刚至龙王庙，便见一条细长的瀑布穿过桥洞顺流而下，形成一汪碧潭，但换个角度，这条瀑布又隐没在苍翠的树林之中。沿着溪流蜿蜒而下，我们不时遇见挂在悬崖峭壁上的瀑布，这些瀑布虽不及千丈岩的有气势，但胜在悄无声息，以及与我们的不期而遇。一路走来，常常未闻其声便见一条白练悬挂眼前。三位师父年纪不大，出了寺院，那个年龄该有的活泼，在自然山水面前得以显露。但毕竟是僧人，他们步履轻盈，“说柔软语，做慈悲事”，遇见初夏路边的虫蝶，都避得远远的。跟他们一路欢声笑语，时而抓拍几张他们优游山林的照片。不得不说，三隐潭的名字起得又好又巧，字面已富诗意，又贴合实景，好几处瀑布，非常之隐，这个隐不单纯是指隐没于山石或树丛中，也是指它来无影去无踪。又有好几处瀑布，在斧劈刀削的山石上，左右逶迤，断断续续，终于缓慢流下，是另一种意境上的隐。

转眼已经三年未至雪窦，总想再找一个雨季，去看看那里美妙的瀑布和朋友。

山水诗中永嘉行

一

浙南山水的美，我这几年才逐渐有切身的体会。神仙居和仙都孤峰高耸，云烟起时，下无着落，山巅空悬，如入仙境；丽水和松阳的古村落，憩于江边或山坳，近听流水潺潺，远望群山叠叠，更有茶香和鸡鸣犬吠，充满田园生活气息；楠溪江，更是被古人诗文赞誉已久。其实，浙南山水，让人惦念的还有很多地方，比如雁荡、龙泉、泰顺和庆元。

说起位于温州市永嘉县境内的楠溪江，还要从我的阅读生涯说起——我的很多旅行都始于书本，止于足下。最早知道楠溪江，是从清华大学建筑系教授陈志华所写《楠溪江中游古村落》一书中，该书转眼出版已经二十年，当时和同系列的《徽州》《泰顺》《晋中大院》等“乡土中国”系列图书一起，成为我一大早去泡图书馆的最大动力。在诸多因素都不允许我畅游国内外、网络也还未像现今这样发达的学生时代，它们充实着我的课外时光，让我望梅止渴般想象着属于当时我的“诗与远方”。而对我去楠溪江旅行帮助更大的书则是胡伟生的《温州楠溪行》，虽然文字和图片都没那么专业，但该书作者作为一个当地人，他去楠溪江的次数数也数不清，字里行间那份内心的赤诚和手绘地图的翔实，怕是再专业的图书都难以比拟。

从杭州方向去楠溪江，从黄南乡的林坑村玩起最顺路，可是当时我错过了一个高速出口，便直接去了前面的屿北村。到达时那里阳光温和，青山叠嶂，春意浓浓。由于不是一个标准景点，我们的到来像是打破了这里的宁静。村落不大，看上去却很严整，村前一汪碧潭，村后一座小山，无豪宅大院，但一看就是用心择址过的，朝向和布局，都有背山面水、负阴抱阳、藏风聚气的堪舆意识。小小的村落还有寨门和护寨小河。当时引起我特别注意的是村居围墙和道路，都用石块垒成，连寨门两边类似于护村墙的部分，也都是垒垒石块。时间一久，草木缝中生，倒也很有味道。还有那仙人掌，居然高过村居和寨门，直冲天际，足足五六米高，也是难得一见。当时几乎没有其他游人，村里人也很少见到，屿北村好像短时间内被人遗忘了似的，等我们绕到村外的田野，才见到一些正在劳作的村民。

离开屿北村前往它所隶属的岩坦镇，人开始多起来。街两边熙熙攘攘，有很多普通店面和小摊，电瓶车和三轮车穿梭其间，充满一种比时代慢一拍的集镇气息，让我想起贾樟柯电影里的很多画面。用过午餐，我们重新前往林坑村。过了很久才发现，此林坑非彼林坑，由于行车中没有再仔细翻书，只记得林坑这个村名，没想到与黄南乡相邻的张溪乡也有一个林坑村。显然，我们前往的竟然是张溪乡的林坑村。一看时间不早，只能将错就错。乡路弯窄，常常要看着导航慢慢行驶，到达张溪乡的林坑村已是傍晚，炊烟袅袅，村民晚归。我常常觉得这个时间段有种迷人的寂静，更别说在陌生的山中村落。虽然这里房屋破败，充斥着牲畜的粪臭，根本不像个景点，但我很喜欢这种不期而遇。石板路上，偶遇晚归的黄牛，并无牵引者，我们狭路相逢，避无可避。它们滚圆的大眼睛迟疑而无辜地看看你，走几步又停下，我们也是这样，终于在双方不好意思的避让中交错而过，竟然都回望了一下，然后才慢慢离去。这短暂的偶遇，让我再一次相信，动物是通人性的，只不过很多时候我们太高估自己，目空一切罢了。

村外一大片紫云英田，晚风吹来阵阵清香。我想起小时候在外婆家的情形，心里掠过一丝伤感，时光一去不复回，外婆也离开了我们。爬到村对面的小山坡俯瞰林坑时，天色已晚，层层屋檐的色调渐渐与山体、古樟融合，村庄无比寂静，只有那门窗里透出的温暖灯光，告诉你这里还住着人。我们在荒野孤坡上凝视着这座本无意前来的陌生村落，感觉很奇特。

晚上住在几里之外乡道旁的一幢簇新的楼房里，由于这里平时很少有游客来，过夜的人更是稀有，主人只是象征性地收了一晚住宿费，并像待客般小心翼翼地招呼着我们。夤夜醒来，憧憬着第二天的楠溪溯游。

二

清晨，在鸡鸣犬吠中起身，急急用完早餐便上路了。这个时节的山间清晨，是最有韵味的，气温不高，但也不至于寒凉。轻雾弥漫，空气湿湿的，呼吸之间，好像吐纳着山中精华，人也变得精神起来。山路十八弯，我们行驶了很长一段时间才开始真正地沿着楠溪江溯游。途中有潺潺流水相伴，远山时而从树丛间跳脱出来——这个时候，你就会明白为什么这里诞生了山水诗，为什么魏晋南北朝时期的永嘉太守谢灵运（三八五～四三三）“好为山泽之游，穷幽极险”，甚至疏于政务也要肆意遨游；也会明白为什么这里让南宋末年“永嘉四灵”（徐照、徐玑、翁卷、赵师秀）的创作呈现出“清新刻露之辞写野逸清瘦之趣”。也许相隔千百年，路变了，村变了，人变了，但是山水格局和它的气质，并没有变，影影远山的背景下，鲜

张溪乡林坑村，
与黄牛狭路相逢

石桅岩水上轻舟缓行，不知千百年前是否有过谢灵运的身影？

绿盈盈，新燕呢喃，依然是“野旷沙岸净”，“池塘生春草”，“乡村四月闲人少”，“路绕山根石磴斜”。宗白华（一八九七～一九八六）说谢诗如“初发芙蓉，自然可爱”，实在是这里的山水如此；诗僧皎然（约七二〇～约八〇三）誉谢诗“上蹑风骚，下超魏晋”，也实在是这里的景观暗合了当时的清俊审美。

几乎是一路沿着流水前行，然后来到第一个真正的景区石桅岩。由于是清早，人不多，我们并没有急着进景区。入口外一大片清浅水潭，有着长长的石碇步，已经有早起的村民在售卖简易的渔网兜，引起了我的兴趣。打小生活在江南，天然地与水亲近，小时候没少在苏州城边的阳澄湖、金鸡湖以及河汊中玩耍，如今一见清溪中有鱼儿，那杆简易的渔网兜便把我拉回童年，索性跟村民一起踩着石碇步兜起了鱼，并小有收获。这种不在计划之列的游玩像餐后甜点，更能抚慰人心。待到准备进入景区，才把鱼儿放回溪流，渔网兜也送了陌生小朋友。

景区并无殊胜。石桅岩地理上背靠雁荡山，所以石质构成和景观都与其非常像。缘溪而行，慢慢爬到半山腰俯瞰，才略有惊艳，斧劈刀削的小小峡谷中，水流无比清澈，那蓝绿的色彩一下让我想起小时候课文中朱自清（一八九八～一九四八）描写梅雨潭的那一句“宛如一块温润的碧玉”，水上轻舟缓行，像悬空一般。稍事休息，我们沿着铺好的栈道走到山下，在一片嫩绿的树林和草坪前，再次感叹时节之妙。

半路去了岭上人家——书上的照片令人向往，那沿半山腰铺开的层层叠叠的古老村屋让人印象深刻。结果才走到附近就发现那里人声鼎沸，书中本十分朴素的山村，现实中已被无数招牌改头换面，撑着遮阳伞的小摊，已经急切地摆到山坡脚下的溪流边，各种人为垃圾的出现也在所难免。发展与保护一直是个难以妥善解决的矛盾，但愿那里的卫生状况如今已有所改善。

在岭上人家填饱肚子后匆忙离开，直奔楠溪江畔最著名的村子芙蓉村。当远远地望见芙蓉三崖，以及碧绿的水稻田里村民扎制的各种人偶，便知“大景点”到了。不像昨天的屿北和林坑，芙蓉村有条笔直且相对宽阔的进村大道，气象着实不凡。想来也是，这里宗祠、古亭、大堂、老街一应俱全，显然不是一般小村可比。据说，这里唐末就已成村，当时的陈姓人家为避乱世从永嘉城北徙，沿楠溪江到山坳里，至芙蓉峰下，只见此处“前有腰带水，后仑纱帽岩，三龙捧珠，四水归心”，认定是一个难得的风水宝地，于是在此筑屋定居。虽几经兵燹，村落的格局依然讲究，有卵石铺成的老街，以及陈氏宗祠、明伦堂、芙蓉亭、将军屋等古建筑。村民们在此生活，游客夹杂其间，略微不协调的是，新建的村居已经装上不锈钢窗，镶着蓝绿的玻璃，混杂在砖墙屋瓦和石板路中，是那么刺目。哪怕在核心景点芙蓉亭周边，想要找个避开不协调元素的拍摄角度也非常难，一些角落的生活垃圾也未及时清理，与一些维护较好的江南古镇和徽州古村相比，还是略微逊色。

出寨门，看时间尚早，便依着胡伟生的《温州楠溪行》驱车前往花坦村。一路的景色又让我心情开朗起来，相比于人群会聚的热闹景点，我更爱杳无人迹的清丽山川。楠溪江狮子岩附近，曲水流觞，竹筏缓行，野鸭悠游，让人不免停车驻足。小道旁一棵紫花泡桐，开得异常放肆，树上白花花一片，地下青草地上也铺满一层白，全世界都是它的。

依依不舍离开狮子岩继续前行，花坦村真不好找，问来问去找不到，很多村民不会讲普通话，好几次停下车鸡同鸭讲一番，依然没有头绪。翻翻随身携带的书，确实没错，后来寻人问乌府在哪儿，反而问到了。来到村里又以为走错村了，因为这里实在没什么可看的，就是一个普通村落，基本都是新造屋舍，进村的牌坊也非古物。一直往里走到乌府前，才有一点点古旧的气息，不过也已荒废，好几间屋舍已经倾圮。据称这里原有“乌府”“黄门”“奕世簪缨”“乡贤”“宪台”“钟秀”“公直淳良”“翕和”“溪山第一”“为公宣力”“鸢飞鱼跃”“松柏寒贞”等十二座牌坊，除“松柏寒贞”外，都是为表彰学人而建。现在仅存“溪山第一”“乌府”和“宪台”三座，余已相继毁坏。倒是村后的一片麦田，在傍晚斜阳下非常可爱，嫩绿里透着鹅黄，带着浓郁的田园气息。直到回杭州多日后想起上网查询，我才知为何当时问路都问不到花坦村，原来花坦

芙蓉村中的芙蓉亭

芙蓉村后清丽的田园

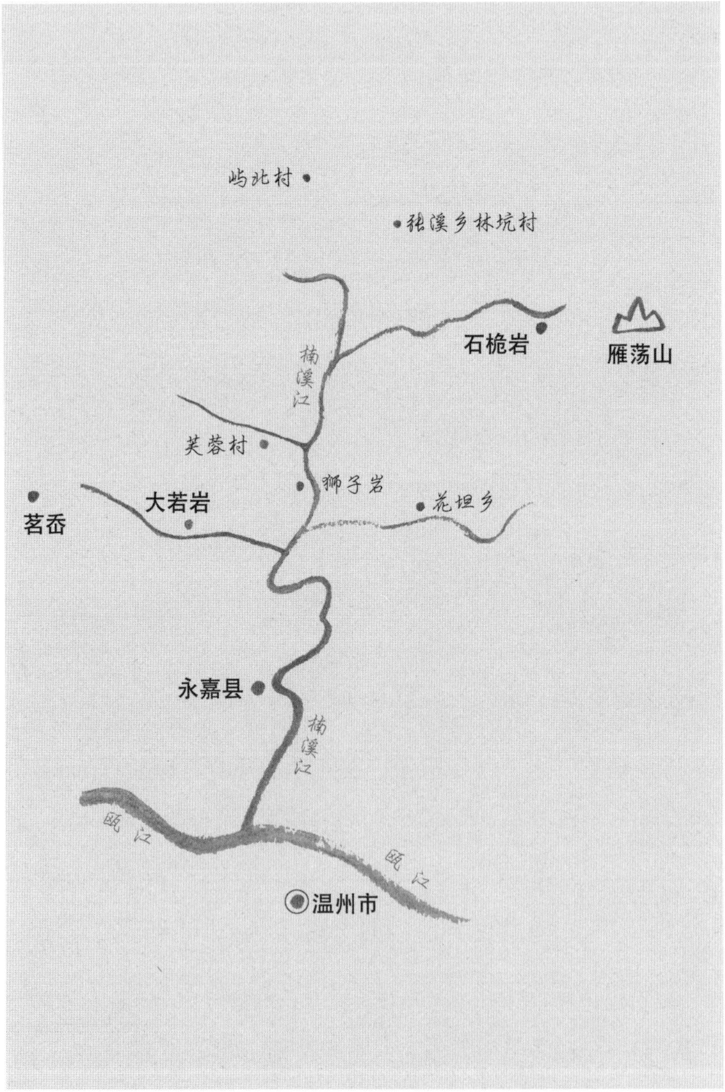
屿北村
张溪乡林坑村
楠溪江
石桅岩
雁荡山
芙蓉村
狮子岩
大若岩
茗岙
花坦乡
永嘉县
楠溪江
瓯江
瓯江
温州市

村现已分为花一、花二、花三等三个行政村，隶属花坦乡，而乌府则位于其中的花二村。

离开村子，傍晚的光线温暖迷人，当再次回到楠溪江畔的时候，原先碧绿的江水已经变成一片金黄，江面星星点点，顽皮的孩子推着竹筏在浅水中嬉戏。青山在晚霞的映衬下显得高大伟岸，待我们快要抵达永嘉县城时，天空变成玫红，远山静寂。

两天下来，略有疲累，住县城那晚早早睡去，第二天醒来则是标准的“清明时节雨纷纷”。看温州江心屿就在附近，便又驱车前往。短暂逗留后直奔茗岙——一个一听地名就让人向往的地方。哪知又一次像去花坦村那般时时看着手机导航也很难找到，差一点就开到昆阳乡去了。好在山中雨景别有一番韵味，权当一路看风景。和之前两天相比，雨后的山川田野更加青翠，到达茗岙已近中午，梯田在烟雨中若隐若现，常看到水牛在田野中漫步，时有白鹭相伴。以前出门旅行一旦遇雨，时常会抱怨，现在慢慢懂得欣赏雨景了，尤其江浙一带的春夏，雨景不输晴日——清丽，温婉，绵长，半遮半掩，欲说还休，这才是江南意蕴啊。所以虽然没有见到经典的茗岙梯田水面映天光的景致，但也没有半点遗憾。

欢欣地开车来到碧莲镇——和岩坦镇一样充满着集镇气息，吃过中饭又路经大若岩，雨后的山峦横亘在青翠欲滴的田园远处，如一笔淡墨，那是江南的底色。

天台烟雨浓，古寺藏山中

弘一法师《晚晴集》里有句话被电影《一代宗师》引用：念念不忘，必有回响。这句话用来形容此次去天台山的经历再合适不过。浙江有好几个地方由于这些年略有听闻后一直心存念想，只想一有闲暇便驱车前往，天台便是其中之一。

去年清明三天，沿着楠溪江一路南下，造访了好几个古村落，颇具田园之美的楠溪山水让人倾心。这一回由于节前工作繁忙，没好意思请长假去印度，于是就想着利用小长假短途自驾，第一个想到的目的地就是天台。浙地山水虽不如大西南的山川高峻宏阔，却有四季特色。北宋绘画大师郭熙（约一〇〇〇～约一〇九〇）在《林泉高致》里讲道："春山烟云连绵人欣欣，夏山嘉木繁阴人坦坦，秋山明净摇落人肃肃，冬山昏霾翳塞人寂寂"，去年的楠溪之行和这一回的天台自驾，便是最好的印证。浙地山水，很值得饱游沃看。

本来只需两个多小时的车程用了五个小时，抵达天台已夜色深浓。民宿带着禅意主题，推开窗对面就是天台县博物馆，远处黑魆魆的群山隐隐约约。入住后到附近的小店吃晚饭，然后在小卖部就迫不及待地拿出隋塔的照片问店老板它在哪里，老板转头指指："很近很近，往前走不到十分钟就是。"热情里带着一分司空见惯的样子。其实很多时候，你对万里之外一个地方的印象，大多源自一张图片或一段文字，而你心心念念舟车劳顿前来要一睹真容的，不过是当地人见惯不惊的寻常事物。因而哪怕店老板觉得再普通不过，我一听离得这么近，依然心下暗喜。

第二天清晨，春雨如期而至，且时下时停。国清寺景区果然近在咫尺，当望见碧绿的田野尽头正是那削瘦耸立的隋塔时，心中那个孩子般的我不受控制地叫了出来。一畦又一畦的紫云英，葱郁树林里的古塔，连绵起伏的群山，淅淅沥沥的春雨，无声耕作的农人，淙淙流淌的清泉，眼前的景色比照片上要来得丰富。不少地方一旦身临其境，你会发现和以前从照片中所看到的存在落差，因为一张照片也许是最好的季节、最好的光线和最佳的摄影技术相结合的产物，但清明时节国清寺外的这一小片田园和矗立在田园尽头的隋塔，远胜我所见过的照片。

大概时间尚早，国清寺人并不多，跨过石桥便是那书有"隋代古刹"的照壁，寺门不大，东向而立。这里的门票只要五元，我依稀记得以前有人和我讲过一个传言，说之所以这里门票三四十年不涨价，是缘于某一任方丈的坚持，这五元只是算作香花券。作为中国佛教天台宗的发源地，日本、韩国天台宗的祖庭，国清寺有着深厚的历史积淀，也许对心怀大业的隋炀帝（五六九～六一八）来说，比起修造运河、西巡张掖、开创科举，依天台宗的开创者智顗大师（五三八～五九七）的遗愿派司马王弘（生卒年不详）监造国清寺算不得他一生中的大事，但对于中国佛教天台宗而言，却终于有了弘法的根据地，并成为天台宗祖庭，泽被后世。如今这里只需要五元票价，一旦身临其境，你会发现大大超值。

与绝大多数国内寺观一样，国清寺也未能摆脱命途多舛的历史，现在寺庙的格局基本定型于康乾盛世，却依然没有逃过几十年前的那场浩劫，到一九七三年才开始重新修复。虽然算不上是藏于深山，但与我去过的很多寺庙相比，国清寺依然古意深浓，保存着隋塔、隋梅等古迹。我一直觉得，你只要给历史遗存更长的时间，它们就会还给你留在时间痕迹中的温情，这是文物古迹的真正魅力之所在。

国清寺的格局，与我之前看过的白化文《汉化佛教与佛寺》一书所述基本一致，还有部分与天台宗以及济公（一一三〇或一一四八～一二〇九）、寒山（生卒年不详）等僧有关的配殿，而中轴线似乎也不是完全顺直，而是有所参差。整座寺庙常常曲径通幽又豁然开朗。临近中午，人越来越多，我们于是悄然离去。来到

矗立在田园尽头的隋塔

『隋代古刹』照壁

古塔孤立，满是岁月的痕迹

清晨，打扫庭院的寺僧

寺外那一方碧绿的田野，远方的山峦阴云初起，春雨欲来，更为田园增添几分清明时节的独特意境。说来奇怪，我一点不排斥高楼林立、摩登时尚的现代化都市，但又极其热爱田园山川，虽未有强烈的归隐之梦，却又常怀林泉之心。

回到民宿，老板推荐我们去不远处的一个景点琼台仙谷，他说那里的景色要胜过更为知名的石梁飞瀑。

听从老板的建议，我们顺着山路盘旋而上，抵达琼台仙谷的大门时，暴雨如注，在车里休息半时许，雨势渐小方才进入景区。登上山顶，远山在望，天台县城依稀可见，眼皮底下是一潭碧绿的湖水，明眸般镶嵌在绿谷之间。更远处，风云际会，一场更为汹涌的风雨正在酝酿中。没等多久，迷蒙的烟云掩没了远山，掩没了县城，积雨云越来越近，携风带雨，瞬间把绿谷和碧潭掩没，我们顿时也身处云烟之中，忙不迭找半路上搭建的小屋避雨。哪知，原以为来也快去也快的午后阵雨，却没有停下的趋势，这情形让我想起了往年的黄山和三清山之旅。

风铃

善化寺，初春最美的一瞬

父亲在山西部队待了十多年。我六岁之前，随母亲在苏州和山西运城之间有过长时间的两地生活，但三十年过去，对于山西的记忆已经变得模糊。几年前去山西平遥出差，见识到古城内一些保护相当好的古迹。有一次去太原，还留了时间赶去晋祠看了看，对大殿柱子上的几条木雕盘龙印象深刻。有些人、事、物，一旦念及，似乎就会频频相遇。山西就是这样，回来后，我又多次在书中与之重逢，尤其是在梁思成关于中国古建筑的文字中，山西几乎是一座绕不过的高峰：云冈石窟、应县木塔、佛光寺、南禅寺、华严寺、永乐宫等等，任何一个拿出来，都是个中经典。近日翻阅伊东忠太（一八六七～一九五四）的《中国建筑史》，发现亦有不少笔墨述及山西。一定要去看看了！我有点迫不及待。

首选大同。订票时当地气温二十八度，两天后出发，得知大同

雪后初晴，古寺如画

山门外，几无人迹

大雪突降，气温落到零下八度。航班延误六小时后又取消，取消后凌晨又赶赴最早的一班起飞，一路波折，令人哭笑不得。

抵达大同比原计划整整晚一天，遇上雪后初晴的好时光，放下行李立马赶往善化寺。原来计划也要去看华严寺的，但行程无奈被压缩一天之后立马做出决断——华严寺大家都要去，人多，而善化寺，人少。事实证明，这个选择非常正确。还没进入善化寺，就已经被罕见的辽式庑殿顶山门所吸引，山门并未开启，石阶前古松一棵，偶有人从树下经过，安静而肃穆。山门两旁是高高的红墙，抬头是蓝天，低头是白雪，红墙前面一株粉白的杏花开得分外夺目。

入善化寺，里面清静无比，来到三圣殿前，我都有些怀疑这是小长假中的某一日。目光所及，不过五六人，其中四人还是和我们一同进寺的外国青年。三圣殿坐落于高台之上，也是庑殿顶，檐下，是繁复的金代斗拱，形如怒放的花朵，千年不败。殿内，中为释迦牟尼佛，左为文殊，右为普贤，合称为“华严三圣”，前有两位胁侍菩萨。释迦牟尼金身斑驳，色彩也已暗哑，时间赋予其古朴气质。两边的壁画保存完好，细节丰富，色彩鲜艳，似乎年代要近一些。

出三圣殿，天空显得更加蔚蓝与辽远，寺内的杏花树高大而灿烂，一阵风来，眼前白花花一片，一时竟分不清花与雪，檐下的铜铃叮当作响，衬得寺内更显清寂，我坐在文殊阁前的台阶上发呆，心里无数遍默念：这地方真好！

普贤阁前，遇见了古寺最美的一瞬

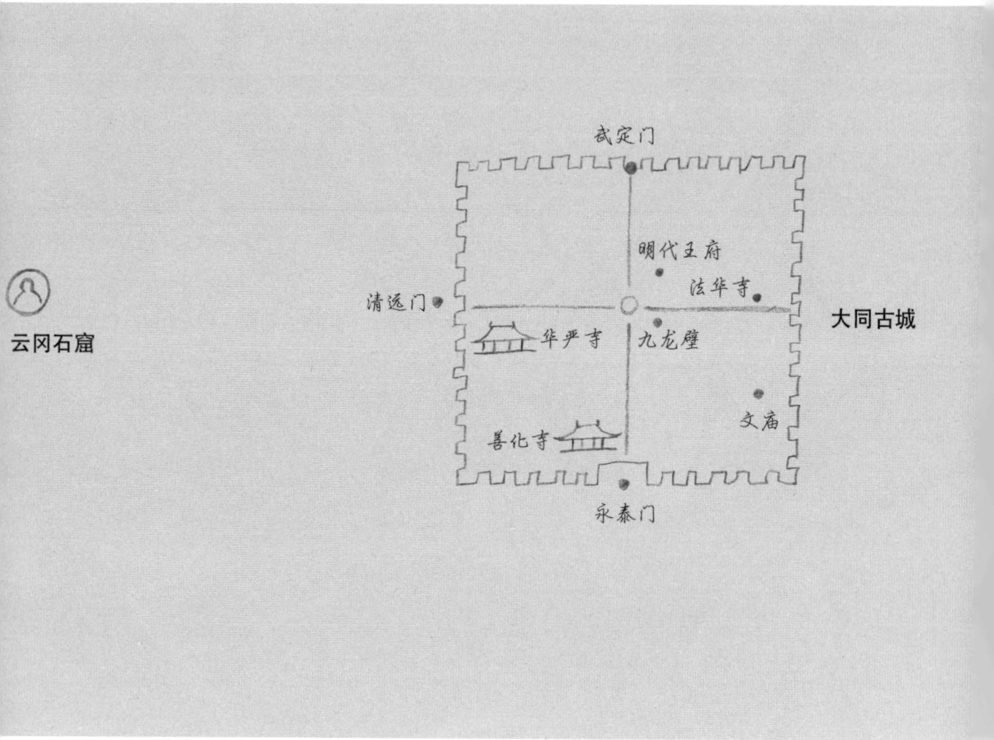
武定门
明代王府
法华寺
清远门
大同古城
云冈石窟
华严寺
九龙壁
文庙
善化寺
永泰门

大雄宝殿位于善化寺最里边的高台上，前有宽阔的月台，是寺内唯一的辽构，比前面金代的山门和三圣殿要显得庄重一些。殿顶梁架构造雄伟，斗拱形制多样，抬头看，有一种殿宇并不十分高大的错觉，实则只因为构造复杂。让人震撼的是殿内供奉的五尊金身如来佛像，一字排开，法相庄严，衣饰流畅，比三圣殿的塑像更加古朴厚重，人称“五方佛”，据称是金代原作。不知从何时起，我对自然景观很容易审美疲劳，倒是对人文遗迹越发喜欢。那种时光留下的痕迹，难以捉摸，却引人入胜。五方佛两边是二十四诸天塑像，形象生动，文臣武将个性相异。我并没有明确的宗教信仰，但这却并不妨碍我陶醉于大雄宝殿浓郁的历史氛围中，久久不愿离开，直到之前遇到的四位外国青年进来，我们方才离去。如此不受打扰地瞻仰文物，享受冬日清新的空气、悦目的苍松、灿烂的杏花和雪霁初晴，终于涤除几乎一夜没睡、长途赶路后的疲惫。

依依不舍地出来，本想爬上不远处的城墙俯瞰这座保存得如此完好的古寺，看看古寺沿中轴线一字排开的三座庑殿顶巨构，却发现城墙在维修，只好一边沿着城墙踱步，一边回味着刚才无与伦比的体验：金代的山门、金代的三圣殿、辽代的大雄宝殿，再加上金代的普贤阁和诸多辽金塑像，实在是太难得了！

一处孤独的木构奇观

故乡苏州多塔，单是城区就有虎丘塔、苏州双塔、瑞光塔、北寺塔等，因其异于一般建筑的形制和相对稀有，我自小就很感兴趣。而且，虎丘塔长期以来是姑苏古城的标志，学生时代接触到的很多关于苏州的文化读物和外宣印刷品上，都有它的身影。在我少年时代的心中，这座千年古塔有着非同一般的地位，我一度以为它是中国最知名的塔。后来阅读有关古建筑的图书，方知“塔外有塔”，尤其对河南登封的嵩岳寺塔、山西的应县木塔、西安的大雁塔和大理的崇圣寺三塔印象最深，而应县木塔因其全木结构最难保存，在国内全木结构建筑中最高亦最古（也是世界最高木塔），更令人难忘。日后，多次在书中与应县木塔相遇，而梁思成更是对其赞誉有加，倾力呼吁对其妥善保护，于是心中便播下了一颗种子——日后一定要找机会去实地看一下。

这回到大同时间仓促，很多人在云冈石窟之外推荐我去北岳恒山的悬空寺，那里也是大同旅游最为热门的景点之一，稍做盘算，还是义无反顾地选择了应县木塔——毕竟它在我的心中生根已久。

在大同新南站坐上开往应县的中巴，车子刚开出大同，窗外的景致即随之一变，它不像江南的城乡之间有着绵长的过渡地带，而是一下子就从城市进入了乡村。经过怀仁（我喜欢这个名字）时，看到远山的雪还未化去，北方的春风还未吹绿田野，眼前给人以萧疏辽远之感，到底是塞外啊。

两个小时不到就到了应县，这时远远地望见一座古塔，不用猜就知道是应县木塔了。这里并没有什么高楼大厦，这座建于辽清宁二年（宋至和三年，一〇五六）的古塔千百年来就这么孤傲又孑然地矗立在这里，成为这座平凡县城最显著的标志。

景区门口人不多，塔上的惊鸟铃在寒风中叮当作响，让木塔显得不那么孤单了。置身塔前，我长舒一口气。据说一九三三年梁思成初见木塔时惊叹："好到令人叫绝，半天喘不出一口气来！"我则是因这个念想已经太久，如今终于来到它的跟前而感慨。远看木塔并不高，驻足近观，才发现其体量庞大，毕竟塔高六十七点三米。木塔广泛采用斗拱结构，全塔共用斗拱五十四种，加之繁复的榫卯结构和众多牌匾，令其显得古老而厚重。可惜目前只能参观底层，其他各层为保护起见已不对外开放。古塔较为完好地留存至今，殊

应县木塔正面的各类匾额

应县木塔广泛采用斗拱结构

应县木塔全貌

为不易。千百年来，多少亭台楼阁因自然灾害和人为损坏踪迹全无，尤其在历代兵燹中，木结构建筑最难留存。应县木塔曾在民国军阀混战中遭到破坏，后来又维修不当，难免受到损害，至今已有些倾斜。如此构造，要真是毁于一旦，恐今之技艺已无力回天。木塔除建筑主体外，塔内佛像、题词牌匾，以及二十世纪七十年代在塔内塑像中发现的一批辽代刻经、写经和木板套色绢质佛像画等，都是极为珍贵的文物。只是这些大多无缘得见，我们只能像在塔周盘旋的鸽子和麻燕一样，围着木塔绕了一圈又一圈。

天空始终阴沉，零下七八度的气温外加五六级的大风，让天气愈加寒冷，人也越来越少，快要离开时我立在墙角仰望木塔，心想，山西真是一个“不懂得自我珍惜”的文物大省啊，其他地方有个古迹，哪怕大半是新修的，都敝帚自珍，大肆宣扬，而一路从山西大同的善化寺、应县木塔走下来，所到之处都是人迹寥寥，恐怕还算不上为大众所熟知。当我们来到木塔不远处的净土寺，这种被视如敝屣之感更为强烈。

去应县城外的净土寺，要走过一段碎石泥土路才能到达，阴云下，寺院显得荒寂而破落。唯一的大殿铁锁上门，寒风中敲开边上一间屋子的门，劳烦他们能否打开铁锁一看。大妈友好地去拿钥匙，这一开，便大开眼界，金代的立体雕蟠龙藻井繁复艳丽，清代的壁画虽算不上古老却跃然于壁上。关于这座孤寂的大殿，梁思成

应县木塔第一层的佛像

在《图像中国建筑史》中如此描述："山西应县净土寺大殿，建于一一二四年（金天会二年），距《营造法式》的刊行时间比初祖庵还要近一年。尽管有政治上和地理上的阻隔，这座建筑的整体比例却相当严格地遵守了宋代的规定。其藻井采取了《营造法式》中天宫楼阁的做法，是一件了不起的小木作装修技术杰作。"难怪这么一座比苏杭之间任何一个乡村小庙都要简陋的寺院，能成为全国重点文物保护单位。我虽不懂建筑，却也能感受到其藻井技艺的高超和时间赋予的那一种沧桑感。经守门人允许，我敛声屏气地拍下几张照片。

返回大同时天空逐渐放晴，我心中又埋下一颗种子：多来几次山西吧，那么多尚不为人所熟知的全国重点文物保护单位等着你呢。

荒寂的净土寺

小小芮城的惊喜

从山西运城开往芮城的大巴车，从离开客运中心到真正出城，一路上都在不停地载客，直到如破茧一般艰难地驶上高速，才如化蝶般重获新生，开始在高速路上疾驰飞奔。穿越中条山脉之后，便是芮城的地界了。

停车，鱼贯而出的几乎都是本地人，下了车便四散不见。我定了定神，四下打量，一座普普通通的北方县城。

原计划直奔永乐宫看壁画，打开手机地图，发现一公里外有一座寿圣寺塔。向来对古塔情有独钟，索性在蒙蒙细雨中踱步前往。寿圣寺塔位于山西芮城城关镇舍利东街，走不久，塔尖就遥遥探出头来，导航也不用了。从进门到走近塔前，四下空无一人，只有风铃叮叮当当地摇，把院子摇得更加寂寥空旷，让我想起上一年在应县木塔前的情景。

石塔身修高耸，原先属于寿圣寺的一部分，可惜抗日战争期间毁寺杀僧，佛事中断，只古塔得以留存，直到一九九六年，才重新恢复佛事。幸存的这一座塔，古建筑专家罗哲文（一九二四～二〇一二）评价“其结构制式与外观，实处于阁楼式与密檐式之间，又为空筒式唐塔过渡到藏梯于壁体式塔心的宋塔之间的形式，十分可贵”，难怪看着特别眼熟，其材质、色彩以及上部的叠涩檐让人想起河南登封的嵩岳寺塔、西安的小雁塔等典型密檐式砖塔，而其轮廓、线条和底下三层的仿木斗拱，又让人想起南方典型的阁楼式木塔。据塔下简介称，眼前这座孤单的石塔，“是全国真身舍利塔中，年代最久、等级最高、保存最完整的一座”。山西就是这样，也许闻所未闻的一座建筑，却可能是全国重点文物保护单位，已经悄悄地存在上千年，阅尽人间变幻。眼前这座无人问津的寿圣寺塔，宋天圣年间（一〇二三～一〇三二）就已经矗立在晋南黄河畔的芮城。绕塔身几圈，因为不能进塔内观看其珍贵的宋代壁画，只能看看壶门中雕刻的菩萨。出了寺门，才终于见得一人，此乃门口一位百无聊赖的小师父。

从寿圣寺塔往北走差不多两公里就是永乐宫。永乐宫于元代定宗贵由二年（一二四七）动工兴建，元代至正十八年（一三五八）竣工，施工期达一百一十多年。前往的路上我心情有些激动。

永乐宫的《朝元图》（一三二五年由马君祥等人绘制），已经记不清多少次在各种印刷品上看过，也记不清多少文章曾对其倍加赞誉。如今，终于就要站在这幅古老的画像面前，期待之余，又害怕失望——很多经典的艺术品或知名景点，就曾经让人失望过，有些是因为自己知识储备或鉴赏力不足，以致无法领悟其精髓；有些则因为盛名难副。进入永乐宫后，有一段长长的通道，过一片水潭，又是一大片柏树林，一座土塬前立着“古魏城遗址”石碑，该遗址也是全国重点文物保护单位。三月初春，南方的土地已现鹅黄绿，可这里还是黄土一片，细雨浸润后，泥土有点沾脚，我爬了一段土塬，有些兴味索然，便直奔几个大殿。

南方的很多宫观、寺院或园林，常常曲径通幽，要经过一番回环曲折，方才豁然开朗，柳暗花明。永乐宫堪称北方建筑的典型，一进正门，道路是笔直的，围墙的走向是笔直的，几座大殿也完全处在一条直线上，又因花未开，草未绿，无趣是无趣了点，倒也利落清爽。来到三清殿前，其匾额上书“无极之殿”四个大字，时间久远，已失原色，显得异常古朴。跨过高高的门槛，光线顿时暗下来，气氛陡变。顾不得看正前方新修的彩塑，直接来到气势恢宏的元代壁画《朝元图》前。此一刻，幽暗的光线，寂静的氛围，忽闪忽闪的感应灯，“禁止拍照”的立牌，以及身后管理人员时刻紧盯的目光，让人不由得敛声屏息。眼前是巨大的壁画，画中人物簇拥着布满整面高墙，给人强烈的视觉震撼。以往书中看到的都是绘画局部，即使是整幅绘画尺寸也不大。此刻，巨幅的实物绘画和画中的人物却是一齐向我涌来，近在咫尺，触手可及，带着一种久远的气息，让我一时词穷，只能啧啧称叹。看完一面，转到另一面，继续承受这无极珍品的强烈震撼。画中近三百个人物，以南极、北极、东极、玉皇、勾陈、木公、后土、金母八个高三米的主像为中心，其余人物按对称仪仗形式排列，以南墙的青龙、白虎星君为前导，一一画出天帝、王母等二十八位主神。围绕这些主神，金童、玉女、星宿、力士等在画面上徐徐展延。他们或两相对话，或侧耳聆听，或闭眼沉思，或目视前方，所有人物的衣饰、神情无一雷同，共同构成一幅朝拜元始天尊的“朝元图”。这般恢宏气势，非亲身站立画前，恐难深切体会。有那么一刻，我的身体竟抖擞几下，这在观看云冈石窟、龙门石窟时都没有发生过，概气氛所致吧。有很长一段时间，整个三清殿都没有其他人，在画像前站立许久，才偶有解说员带着三五位游客进来，对其讲解画中的各路诸神。特别庆幸来到这里的时候没有人潮的汹涌，如置身嘈杂的环境，想必很难有这般体验。

其实，三清殿除了这幅精彩绝伦的元代壁画，还有很多建筑细部亦让人兴味盎然。殿内的藻井结构复杂，看上去年代也很久远了。殿外的斗拱用纱网围着，额枋上一组一组的双龙戏珠，非常精致，应出自巧匠之手，忍不住拍下了很多特写。

可能三清殿让人太过兴奋，当我继续往里来到纯阳殿，尽管这里的壁画故事性更强，史料价值也不遑多让，却没了在《朝元图》前的那种小心呼吸的敬畏感。这里以五十二幅壁画演绎了出生于山西省芮城县永乐镇的吕洞宾（七九六～？）富于传奇色彩的一生，展现了宋、元时期社会生活的各个方面。纯阳殿之后还有一座重阳殿，体量进一步收缩。快速观览之后，我又重新回到三清殿继续接受“洗礼”。此时有两位讲解员在给游客讲解，不算喧嚷，跟着听了一些故事，倒也有趣。只是殿内禁止摄影，略感遗憾，只好看了又看，想要把这些震撼的画面深深地印刻在脑海中。

永乐宫除了中轴线上的龙虎殿、三清殿、纯阳殿和重阳殿，并无其他配殿，但旁侧有一处不可遗漏之地，那便是建于围墙之外的永乐宫迁建展览室。这里展陈的往事，有中国文物迁移史上浓墨重彩的一笔。一九五九年黄河修建三门峡水电站，经测量，永乐宫原址永乐镇会被淹没，在经济发展和文物保护之间，需要做出选择。综合考量之下，决定将永乐宫搬迁至二十公里外的龙泉村。然而，这短短二十公里的搬迁之路，却整整走了五年。考古、建筑、绘画界的专业人士，以及官员、民众等无数人参与其中，终于完成此项壮举。展览陈列室通过文字、影像、实物展示，让当年搬迁过程的艰辛展现于眼前，实在令人感慨。后来亦看到有学界文章说当时测量有误，本可不必如此大费周章，并冒之以极大风险。然学界争论，我一个外行不知孰是孰非，好在眼前所见之三清殿、纯阳殿、《朝元图》等，均保护良好。不可复制之文物，确应倍加珍惜。

从永乐宫出来，天色尚早，知西北一公里外的中龙泉村内，尚有一处不起眼的广仁王庙，建造于唐大和五年（八三一），是已知国内仅存的三大唐构（南禅寺、广仁王庙、佛光寺）之一，遂叫车前往。司机接上我，满脸狐疑，终于忍不住问了一嘴：看了永乐宫还要去那个小庙啊？我笑笑，是啊，毕竟是极为难得的唐代木构啊。

车子开进村中小道，不像是有景点的地方。在一个小广场停下，空无一人。我下车后走上斜坡，才发现眼前整治一新的地方正是广仁王庙。付十五元门票进去，整个景区大大出人意料，完全不是我想象中那种荒烟蔓草、古意深浓的乡间小庙，倒更像是现在很多大城市里的网红打卡点，青砖，水泥，白砂，铜质铭牌，铭牌上的瘦金字体，处处体现着精致。庙宇体量很小，外表簇新。走进里面，新塑的造像更如昨日落成，批着崭新的红、黄、橙色的披风，只有那出檐，看得出一丁点儿唐风。个把小时里，参观的始终只有我一人，体验无疑是好的，但感受却很奇特。北面有运城市古建筑长廊，墙面上，是南禅寺、佛光寺、广胜寺、永乐宫等珍贵文物的简介和简易示意图；南面的斗拱庭内，则展陈着历代斗拱的演变和斗拱不同部位的名称，除文字介绍，还附以斗拱模型。不得不说，保护区规划、建设得非常用心，像是参观了一个新式的小型博物馆，唯有一点古意的，是庙后面的两块唐碑。从文物保护的角度而言，我更

寿圣寺塔

永乐宫三清殿

广仁王庙

欣赏另外两座珍贵的唐构南禅寺、佛光寺的做法，它们与周边环境相融，千年时光的痕迹历历在目。

回到芮城县城内，天色将晚，司机推荐我去看城隍庙。我心想，很多城市的城隍庙不是沦为古玩市场，就是成为市民的聚会之处，文物价值往往不高，莫非芮城的城隍庙殊有不同？司机说那里还保存有宋元时期的建筑，我一听便来了劲，于是把目的地从车站改为城隍庙。将晚的天色下，我匆匆走过宋代的大殿，元代的享亭，清代的献殿、寝殿以及配房，这些意外收获让我惊喜连连。那大气的斗拱，粗壮的额枋，过目难忘，可惜时间不早，很多殿宇都已关门，连城隍庙内收藏的北魏、北周、隋、唐、宋、元、明、清的碑刻、造像、墓志铭九十八通，也只看到很少一部分。踏着傍晚路灯投下的光影往车站赶，心里感叹这座城隍庙的确是与众不同。

回运城的车上，我回味着一整天的行程，有点赶，也有点满。一座小小的芮城县，竟然藏着这么多的文物古迹。都说“地上文物看山西”，仅运城、芮城，就已经让人应接不暇。

大唐气象，佛光永恒

这两年，对山西文物的兴趣越来越浓，雨中初见太原晋祠圣母殿蟠龙木雕的惊喜记忆犹新，雪后初霁的大同善化寺美得让人不知如何言语，忽晴忽雪时走过庄严而精湛的昙曜五窟，阴云飘移时绕着应县木塔走了一圈又一圈，春寒料峭时在芮城永乐宫瞻仰《朝元图》壁画……这些人造瑰宝历经千百年，散发着古老的艺术气息，实在令人叹服。同样是带着朝圣般的心，我再一次前往山西，前往五台县的南禅寺和佛光寺。

一

和五台山游人总是络绎不绝不同，位于山西省五台县李家庄的南禅寺，这座中国乃至亚洲最古老的唐代木构建筑，一直乏人问津。

南禅寺大殿

下高速快到李家庄时，田间小路没有任何指示牌，让人怀疑是否误入歧途。但有过之前去芮城广仁王庙的经历，又觉得见怪不怪。如此珍贵的唐代木构，若是在通达性非常好的地方，估计早就不存了。转几个弯，来到一座土塬，面前便是南禅寺，门口有三四辆车。

跨入一座小门，院子里有菜田和葡萄架，偏殿门口几只可爱的田园犬呆呆地望着我们，院内充满一股生活气息。旁侧，一座简练大气的屋顶越过低矮的围墙，如大鹏展翅出现在我们的眼前，不消说，这应该就是南禅寺大殿了。大殿建于唐建中三年（七八二），我们径直走进它所在的院落，看见不多几个人，正在树荫下拍照。大殿位于台基之上，面阔三间，单檐灰瓦歇山顶（歇山顶是两面坡顶加周围廊形成的屋顶式样）。唐式的屋宇、飞檐、榫卯结构比后世的造型更简洁大气，令整个大殿自有一种庄重威严之象。与大殿的木构同样珍贵的，是殿内现存的十多尊塑像，均为唐代原件，是敦煌莫高窟之外国内现存最早的一批唐代佛教造像。一九九九年十一月二十四日晚，三名歹徒闯进南禅寺，将管理人员打伤并捆绑起来，割断电话线，砸开佛坛钢网的门锁，当胸挖开大殿里的唐代佛像，盗走腹内宝物，文殊菩萨的后背也被掏开，其余几尊塑像同样遭到破坏。唐代特有的两尊最美丽的“似宫娃”供养菩萨被锯断劫走，狮童塑像也从脚跟处掰断劫走。

今天的南禅寺，大部分木构件为唐时原物，但包括屋顶鸱尾在内的一些缺失构件，则是在一九七四至一九七五年大殿进行落架修缮时，根据已知唐代构件的特点加以完善，总体上还算和谐。蓝天下，我绕到院子外大殿后边的树林里，依然被大气的屋顶所吸引。临走时又跑到不远处的村落里观看南禅寺周边环境，不禁感慨，幸亏处于荒山野岭，才躲过唐武宗（八一四～八四六）时期著名的“会昌法难”（八四五），躲过无数天灾人祸，但愿它如百岁人瑞一样，受到人们的爱戴。

二

佛光寺位于五台县豆村镇佛光新村，距南禅寺六七十公里。虽然南禅寺于二十世纪五十年代末才被发现，且建筑年代早于佛光寺七十五年，但佛光寺的发现，从某种意义上来说才更具突破性。

在战火纷飞的二十世纪三十年代，梁思成、林徽因（一九〇四～一九五五）和中国营造学社的同事们，在一九三二年至一九三七年间，寻访了全国一百三十多个县市的一千八百多座古建筑。一九三七年初夏，梁思成依凭法国汉学家伯希和（一八七八～一九四五）拍摄的《敦煌石窟图录》中一幅关于五台山寺庙群的壁画上标绘有佛光寺这一线索，在五台山周围四处寻访，最终骑着毛驴到达五台县的豆村镇，发现了这座唐代木构。当时，

南禅寺，简洁大气的唐代斗拱

日本学者断言，在中国，已经没有唐代建筑。当梁思成他们经考证认定佛光寺正是一座唐代遗构时，其兴奋之情，应该不亚于发现应县木塔吧。从此，任何一部中国建筑史，都少不了佛光寺的名字。

从南禅寺前往佛光寺的路好走多了，而且没有拥塞路段。来时路上天气无比晴朗，可当我们刚踏入山门，却遭遇一阵莫名大风，豪雨也随之而来，到访者纷纷登上高台躲到东大殿的屋檐下。东大殿即佛光寺大殿，站在东大殿坐落的高台，透过两棵千年古松的枝丫望出去，是连绵青山之间形成的一个豁口，从而由平远转向深远，有了“咫尺重深”的山水图式。由此可见，佛光寺的择址并不像“乡间小寺”南禅寺那样随意，很可能有风水上的考量。我期待风停雨歇，期待日落西山，我要好好地在这里看一幅“日观图”。

果不其然，这一阵风雨很快就过去，带走了尘霾，令空气清透无比。白云生，烈日起。我终于寻到机会可以好好逛一逛这座久仰大名的佛光寺了。

从山门进来，是一唐代石经幢，唐乾符四年（八七七）造，总高四米九。束腰基座刻宝装莲瓣和壶门乐伎；幢身刻《陀罗尼经》，上雕宝盖、矮柱、屋檐和宝珠。其左侧，是金代文殊殿，供奉着骑青狮的文殊菩萨等七尊佛像，梁架粗壮，立柱很少，殿内空间轩敞。我们去时，文殊殿内陈列着一些山西著名建筑的模型和文字介绍，但非常简陋，加之殿内作为文物不可随意改装照明设备，令这些陈

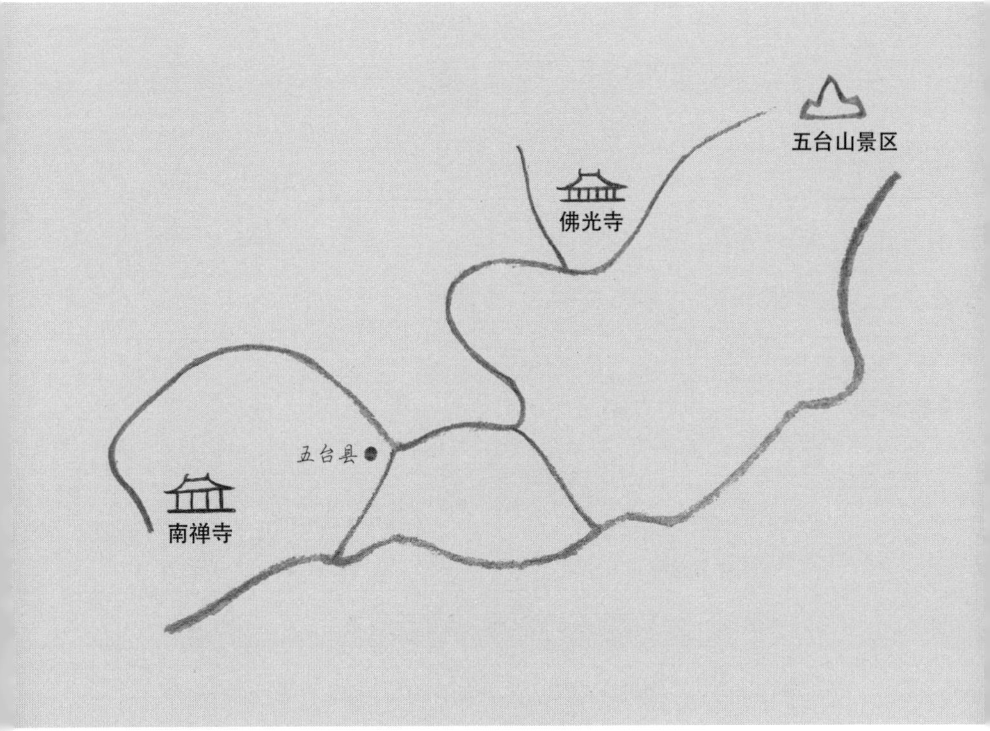
五台山景区
佛光寺
五台县
南禅寺

列显得十分多余，既占据了空间，又不方便观看。在文殊殿并未逗留太久，我们再次去往高台上的东大殿。高台前，是一段平直砖墙。入门洞，则是一段异常陡峭的石阶，由此登上高台。因此，游人仅入山门是看不清位于高台之上的东大殿全貌的。这样的设计，在我这些年去过的很多寺院都没有遇到过。走过这段石阶，给人一种朝圣的感觉。攀上高台，又是另一番景象。

殿前两棵千年古松，像侍卫一样守护着古老的东大殿。古松之间，有另一个唐代石经幢，为唐大中十一年（八五七）镌，高度略低于之前那一个，它轮廓秀美，雕工精致，下设束腰六边形基座，刻有狮兽壶门及仰覆莲瓣，幢身刻《佛顶尊胜陀罗尼经》，末尾刻有“女弟子佛殿主宁公遇”之名，正是这一题刻，与东大殿内墨书题记相印证，成为佛光寺东大殿建造年代的凭据。当年，梁思成一行四人在对东大殿进行了详尽考察之后得出结论：它雕塑精湛，墨迹珍稀，壁画细腻，建筑古老。梁思成写道：“这样，在一座殿内竟保存了中国所有的四种造型艺术，而且都是唐代的，其中任何一件都足以被视为国宝。四美荟于一殿，真是不可思议的奇迹。”目前，全国共有九十尊唐代泥塑，东大殿的佛坛上就有三十五尊，可见东大殿价值之珍贵。

东大殿在原弥勒大阁的旧址上于唐大中十一年建成，面阔七间，进深四间，看上去比南禅寺大殿更为堂皇庄重。其屋顶平缓，由青瓦铺就。我尤其感兴趣的，一是屋脊上由黄、绿琉璃造就的脊兽，它们造型不同，沿着屋脊四向分开，在天空下显得灵动异常，仿佛稍不留神，就要跑进山野里去逍遥的样子；二是唐代斗拱，用梁思成先生的话说，此殿“斗拱雄大，出檐深远”，是典型的唐代风格。经测量，斗拱断面尺寸为二百一十厘米乘三百厘米，是一般晚清斗拱断面的十倍；殿檐探出达三百九十六厘米，这在宋代以后的木结构建筑中也是找不到的。小伙伴们看累了，纷纷到树下休息，后来甚至玩起游戏。而我，则绕着大殿走了一圈又一圈，像当初看应县木塔一样，我被这巨大的斗拱深深吸引。可能来者多为对建筑感兴趣的人吧，所以一整个下午，虽然游人不多，却有好几位从日本远道而来的客人，他们和我一样，看得颇为入迷。东大殿门口有一位师父，看我如此投入，便引我来到东大殿一旁的六角祖师塔前，说该塔比东大殿更早，是会昌法难中难得幸存的佛寺初创时期的原物，实属难得。

傍晚时分，游客基本走完了，同行小伙伴们的游戏仍玩得不亦乐乎，看守人养的一只大金毛一直陪伴着我，我们一起等日落。可是，眼见太阳越来越低，佛光寺却要在六点关门，文物保护单位管理严格，我只能依依不舍离开东大殿，离开依偎着我的大金毛。出山门，我们遇到象征吉祥的戴胜鸟，它在电线杆上停留一阵，然后向我们身后的佛光寺内飞去。

佛光寺东大殿

斗拱、脊兽、经幢、飞檐

时光的印痕，岁月的温情

禪寺